我在冥府當心理諮商師

1

作者 雙慧 插畫 肚臍毛

目錄

【第一章】 日常生活／日常諮商

「先說說你今天為什麼要來找我諮商吧！」

「最近我在工作上十分挫折，覺得自己越來越難把工作做好，甚至有點無力感和沒有用……」坐在餐桌邊的「人」一臉愁雲慘霧，雙手十指交扣，自卑地低著頭。

「怎麼會覺得自己沒有用呢？據我所知，你在這一行還是頗有名聲的。」我的臉上掛著淡淡的笑容，鼓勵他繼續說下去。

「因為……我不知道為什麼，最近來的鬼魂都有點……被虐傾向。每次我對他們施以鞭刑的時候，他們就會尖叫，興奮地尖叫！根本就是在羞辱我們這些冥官，簡直無法無天了！」說到激動之處時，個案還不忘雙手往桌子一拍。頭頂的日光燈也隨之一閃一閃，隨時都有爆掉的可能。

如果我沒在這一行打滾十年之久，說不定我會馬上把人趕出去，又或者把個案打昏丟出陽台。要不也會在對方不小心露出那張腐爛到見骨的原形的那一刻，嚇到奪門而出。

認識對方五年，那張爛臉看個七八次就習慣了。

「自制一點，電燈泡爆掉我叫你賠喔！」電燈泡一閃後恢復到原本穩定的亮度，我這才安下心來。身為一個身高只有一百五十的嬌小女性，換燈泡時踩著一張椅子還搆不到燈管，一定得找人來幫忙。很不巧的，我又是一個朋友少到不能再少的邊緣人，找人幫忙大概是人生中最困難的一件事了，比觀落陰還要難上好幾倍。

至於為什麼不叫眼前身高一百八而且還能夠違反地心引力的冥官幫我換燈泡呢？告訴你，這種「不是活人」的存在，分明跟所有電器有仇！自從我麻煩過某個冥官幫我換顆電燈泡，結果造成租屋處整棟大樓電線短路大跳電，因為維修斷電了三天後，我再也不敢讓冥官碰任何「電」開頭的東西了。

那三天還是整個夏天最熱的時候！三天都沒有冷氣吹的生活你想像得到嗎！差點要人命了！當天來我家諮詢的冥官很抱歉地，又很誠懇地抓了好幾個遊魂安插在我的家裡各處，讓他們散發出寒氣幫我的屋子降溫。

……我寧願睡在正職工作的地方，也不要回家看到慘綠的鬼盯著我的一舉一動。雖說我在家兼職做冥官的心理諮商，但我還是想保有自己的隱私，是人是鬼都一樣。

「既然他們喜歡被鞭刑，那你就不要鞭他們就好了啊？」我嘗試提議出一個方案，可是左手邊的冥官馬上搖頭，「有一些被虐狂是要上刀山下油鍋的，但是每當行刑時，別的鬼魂是尖銳刺耳的慘叫聲，他們則一臉舒爽……」

我稍微想像了一下那個畫面，不免雞皮疙瘩爬滿了全身，瞬間能明白為什麼冥官來找我心理諮商了。這類鬼魂根本就是所有冥官的罩門吧！

快點想，腦子轉起來！如果不把這個問題解決掉的話，說不定這陣子就會有一堆遭遇心理創傷的冥官找上門來了！雖然我是有提供冥府心理諮商的服務，但是我不想要接待這麼多的個案啊！大樓已經傳出我這個單位是鬼宅的傳言了，如果真讓別人捕捉到什麼靈異照片，屋子跌價了我對得起房東嗎！

「如果你們把這一類的受刑魂集中管理呢？關到充滿軟綿綿物品的房間之類的，說不定對他們來講反而是一種懲罰？」我腦裡想到的大概是滿屋子蓬鬆的玩偶或泡棉，然後牆壁也都貼上軟墊，再加上淡淡的輕音樂在背景播放……

「喔喔，你是說鋪上像天界一樣的雲毯，再順便把他們的手腳全砍了、牙齒也拔掉，讓他們無法互相傷害嗎？」講到這裡，冥官的眼睛都亮了起來。嘴裡快速唸著要如何用最溫柔又不會疼痛的方式把鬼魂的四肢砍下……

嗯，冥府行刑人的邏輯果然跟我們普通人類不一樣。

「可是，這樣會不會太便宜他們了？他們之所以會到地獄受刑就是因為在世的時候無惡不作，這般處置會不會讓他們在地獄的生活太過……舒適？」說到「舒適」二字時，冥官的嘴角不悅地下垂，好似自己說出的字詞令人反感。

我狠狠地自冥官頭上敲下去，「宋昱軒，你要知道，一般鬼魂舒適的環境對這種被虐狂才是不舒服啊！」

沒錯，找我諮商的個案有時候還得強迫接受我給予的「物理治療」。反正我一開始都會說明，本人無牌無照，甚至沒有讀過任何心理相關的書籍，找我諮商後果自負，變瘋變殘了本人一概不負責。

至於平凡的人類之軀要怎麼對冥官進行「物理治療」呢？當你找到正確的「人」後，任何東西都能經過加持成為「物理治療」的道具，比如說拖把、原子筆、現在穿在手上的烘焙手套……

被敲頭之後的冥官這才如夢初醒，理解了其中的邏輯所在，原本因憂愁皺成一團的臉孔都開朗了起來，「也是，我們的工作目的就是要給受刑的鬼魂痛苦，只要能夠讓鬼魂感受到痛苦，什麼手段我都用得出來！」

嘖嘖，怎麼這麼笨呢？明明在我身邊當助理那麼久，怎麼昱軒就沒有學點東西起來，讓自己腦袋更靈活一點呢？

「我知道想到辦法對付這一群鬼魂你很開心，但你可以先從我的桌子上下來嗎？」

我無奈地用筆桿輕敲在我眼前的靴子，宋昱軒才不好意思地從桌上輕盈地跳下，摩擦著後頸道，「很抱歉……一時太興奮了……」

「知道抱歉就好。去拿抹布把桌子給我擦一擦！我管你是不是鬼，腳只是個擺設，吃飯的餐桌被踩過的感覺還是很不好。」

「真的很對不起……我馬上去擦。」宋昱軒乖巧地「繞過」了餐桌而不是直接「穿過」，到廚房找尋抹布。我則換了個位置，癱倒在客廳的沙發上，稍微閉目養神。

昱軒是冥官，講白一點就是「鬼」，所以沒有腳步聲，我也不知道他到底擦完了沒……

啊，想到等一下還要上大夜班就覺得疲憊啊……

「佳芬，要拿哪一塊抹布？」

「掛在冰箱上的那一塊——等等！」

整間屋子瞬間一片漆黑，唯一的光源只剩下宋昱軒身上特有的慘綠色微光。

我還聽見了冰箱爆炸的聲音。

……

「宋昱軒！」

「我真的不是故意的！」

「你給我滾出去！」

聽見如此明確的送客要求，散發著淡淡綠光的冥官也只好落寞地飄出我的家門。

我的冰箱啊……我的內心滿滿的哀怨。還沒等我哀怨完，掛在門口的風鈴在沒風的情況下清脆地響起。

我深深地嘆了一口氣，點起一根蠟燭插在餐桌上，對著無人的門板喊道：「下一個。」

宋昱軒

初步診斷：死腦筋。

處置：教導反向思考。順便把方法也給了他。下次見面時可詢問執行狀況。續觀。

備註：冰箱的帳單燒下去叫他賠！

「靠，我又沒有吃鳳梨今天怎麼這麼多事情。」上完大夜之後，我已經全身疲軟，沒有力氣再去思考別的事情了。今天的大夜跟打仗一樣，病人接踵而至完全沒有喘息的片刻。我迅速梳洗完之後倒在床上，可是又想到地板還沒拖，衣服也還沒有洗……

我不想動我不想動我不想動！算了，一切等睡醒再說……

眼簾不受控地閉上，身體漸漸失去知覺……不！是有一股無形的壓迫感使得我無法移動我的四肢！

我的眼睛「吧嗒」睜開，強行掙脫無形的束縛後摸到床邊的掃把揮出一道漂亮的弧度。對方顯然身手也不差，頭稍微後仰就避過了掃把柄……

「是不會敲門嗎？」我惱怒地大吼，一邊睜大眼睛好好看清楚擅闖民宅的「鬼」究竟是誰。

對方年約三十，男性，身高一百七十五跑不掉……直到我看見他的靴子的鞋跟有多高。整個「鬼」散發著書生氣息，應該是文官。不過他身上披著的黑色滾紅邊長袍又是行刑人的穿著，再加上腰帶掛著的那把長劍和差點被我忽略掉的流蘇與玉墜……

武官，官階比昱軒來得高，而這名冥官正很有禮貌地低頭認錯。

「對不起，我按門鈴很多次了都沒有人回應……」

「那是因為我家的門鈴只是個裝飾……你來之前都沒人教過你要吹動門上的風鈴嗎？」門鈴也算電器，當然老早就被我拔斷電線了！我扯著他的袖子到玄關處，指著掛在門上的陶瓷風鈴，在文具店花兩百元就買得到的那種。

「呃……沒有。」

靠，你人緣很差是不是啊！我忍不住翻了一個大白眼，但還是坐到餐桌旁，拿出一本空白的練習簿，上面還印有我高中的校徽。

我望向還傻站在我身後的個案，不耐煩地說，「快坐啊！我還想睡覺的你知道嗎？」

「喔……呃……好。」

「不是那邊，我是會咬冥官嗎？」我用筆桿敲了敲在我左手邊的座位。「這裡。對，沒錯，坐下。」

為什麼我有一種正在訓練狗的既視感？

餐桌是長方形的，通常我會讓個案坐在我的左手邊而不是正對面，據說這個座位排法有研究證明能讓個案感覺親切一點，諮商的時候比較有種互相討論的感覺……

我的話純粹覺得坐近一點「物理治療」比較方便。

折騰了一會兒，我總算可以開始諮商了。新個案總是比較麻煩，不僅是我要從零開始認識個案，個案也要適應我的諮商方式。

我看著空白練習簿的姓名欄，問道，「先說說你的名字。」

「洪深仁。」

我先是愣了一下，然後在冥官後腦勺送上一巴掌，「你報你生前的名字幹嘛？我要你在冥府使用的名字。」

「廷深，明廷深。」

「明？明朝卻已經是小主管階級了？」宋昱軒都還待行刑人最底層的位置，流蘇上連個玉飾都沒有。

鬼魂成為冥官時，通常會由第一個認領他的殿主賜名，而姓氏會取自他死亡的那個朝代，就好像職編一樣。像宋昱軒，就是在宋朝往生的。

一個晚八百年來的晚輩竟然升得比昱軒還快？

「其實……這也是我這次來找妳的原因。」他低下頭，我也翻開練習簿第一頁準備筆記，「最近我又收到了升遷通知……我也知道自己從來沒做過什麼偉大的事情，可是我的升職卻比同期快很多。也因為這樣，有許多同事在我背後閒言閒語……」

升官還嫌啊！但是如果我看到晚輩沒做什麼事卻比我升得快，我大概也會覺得奇怪，跟大夥八卦一下上頭升他的原因。

「我有嘗試跟他們解釋我真的不清楚上司喜歡升我的原因，這次我也有和上司討論讓我繼續待在這個位置一百年再升，可是上司還是執意要升我官……」

「你有跟上司反應過有同儕在背後說你壞話的情形嗎？」

「有啊！我有！」明廷深激動地說，「可是我的上司只是『呵呵呵』大笑三聲，還是要求我下個禮拜到新的單位上班。」

上司的反應怎麼怪怪的？我當下也沒有多想，反而是思考為何上司一直升他的官……該不會背後其實有什麼陰謀？或者明廷深的背景夠深厚？但冥府都是一群死人……也沒什麼裙帶關係可用的吧？

「上司還有對你說什麼嗎？」

「他就叫我到新的位置要好好幹，他期待我的表現。」冥官這個時候已經抱著頭大聲哀號，「平等王的近衛！我是要怎麼做好這個工作啊——」

近衛？那還真的是責任重大的職位啊！該不會是有人想搞他讓他出糗，藉此把他拉下馬吧？但是，如果想把他拉下媽的話，當初不要讓他升那麼快不是更簡單嗎？

為什麼我一直覺得我好像少問了一樣東西？

「如果你真的覺得自己不適任這個位置的話，就儘量婉拒吧！不然就在下一次考核故意考得很糟糕，說不定也能為你自己爭取到一些時間，讓你能夠補足你的能力。」

「我婉拒過了，考核也故意缺席了。為了不要升遷我還故意翹班了一個禮拜，結果回去的時候上司竟然笑臉迎人地歡迎我回來。」

靠，如果真是這樣子我也會覺得毛毛的！假如是我無故消失一個禮拜沒去上班，我大概也不用回去上班了——

此時，睡意忽然席捲上來，我打了一個大大的哈欠……

「那個，我是不是要先回去，再另外跟妳約時間呢？」

我擺了擺手，「沒關係，我自己泡個綠茶來喝，撐過這次諮詢就得了。」

「那妳坐著，我去幫妳泡。」

「綠茶包在瓦斯爐上面的櫃子，馬克杯在碗架上。冷泡就可以了，不准碰到我家的電器！」

昨天才剛壞了一個冰箱，如果今天再壞一個熱水壺，我絕對會買一個超級貴的高檔熱水壺當替代品，還要把發票燒下去叫那群冥官幫我付。

我瞇起眼睛小憩一會兒，可是腦子裡還在思考這個個案的狀況。如果叫個案直接上工，薪水能領多久就多久，要是出包了再說，好像太不負責任了。忽略掉一開始的進場，明廷深也算是蠻有禮貌的了，談吐也算文雅……莫非是在不知覺中擋了人家的財路，仇家想搞他？

「請用。」我應著他的聲音睜開眼睛，清雅的花茶香撲鼻而至。我拿起茶杯先是聞了一聞，嘴唇再輕輕碰上杯緣，蘸上溫度適中的茶水……

「噗！」

然後我就把嘴裡的茶全噴在冥官的臉上。

靠夭．我家哪來的花茶啊！然後眼前這一套看起來就很貴的英倫茶具組是怎麼回事？我不是單點一杯冷泡茶而已嗎！

「這是哪來的？」

被噴滿臉的冥官臉上沒有浮現一絲怒容，只是用袍子輕輕地擦拭臉上的茶水，「人家送我的，我沒有喝茶的習慣，所以這也是我第一次用……簡小姐應該不會介意吧？」

我就先不吐槽你一個身穿中式古裝的人握著西式瓷器有多違和，先問我在意的問題。

「那麼茶葉呢？」

「也是人家送的。」

「……這兩個『人家』是同一個人嗎？」

「不是。」

「都是異性嗎？」

「是。」

「常常有異性送你禮物嗎？」

「女的居多，不過有時也有男的會送禮物。」

我隱隱猜到這個對話最終會到達何處，也總算想起我今天忘了問什麼問題。

「今天是誰介紹你過來的？」

「就我的上司，他說要給妳看能不能幫我增加點自信心……咦，簡小姐妳還好嗎？」

我當然不好！我頭好痛啊……

「站起來，跟我去陽台。」面對奇怪的指令，明廷深並沒有任何反對或抗拒，乖巧地跟我到了陽台。

「站到欄杆上面去。」我拿起時時在陽台待命的拖把，很淡定地說，「一星期後回診。到時記得帶你的武器來。」

「咦？誒？」

然後他就被我打出陽台了。在夏天早上十一點的豔陽直接照射下，沒有變成焦炭也沒有任何不適的表現，被我用浸過聖水的拖把掃到後沒有發出哀號，能力也沒受到任何影響輕巧地落地。

我家在二十四樓。

順帶說明，鬼因為已經死過了不會再死一次，所以我才能毫無顧忌地經由陽台送客。最多最多也就是同棟住戶會聽到物體高速墜落的聲音，可是找不到那個物體是什麼。相信很多住公寓的都有類似的經驗。

修為很高嘛！還在那邊說自己沒什麼能力升官，同事在背後閒言閒語……能力明明就爆高，還是夯哥一個，收禮物收到手軟的那種！

明廷深

初步診斷：極度缺乏自信心合併腦袋少根筋。

處置：下星期二回診，需找一間鬼屋給個案玩玩，越凶越好。續觀。

備註：是個很受歡迎卻不知道自己很受歡迎的小白。

我將以上三句話寫進明廷深的心理諮商紀錄簿之後闔起，連帶將落地窗的窗簾拉上，並用曬衣桿取下門上的風鈴。

好累啊……睡醒再繼續接個案吧！

我很討厭出門。

如果是工作就算了，但是我真的很討厭出門逛街購物。百貨公司那些東西都貴參參，我這微薄的薪水怎麼可能買得起，甚至店都不敢踏進一步。

什麼，我不是有兼差做冥府的心理諮商師嗎？不是有多一份薪水？當他們付你錢的時候你才要覺得可怕好不好！冥府裡通用的也就只有冥鈔，我是能用冥鈔買包包嗎？

更何況我對物質享受一點興趣也沒有。跟冥府打交道久了以後，自然就知道：做人啊，腳踏實地最重要。

那麼接下來就要說到我更討厭的事情了——就是出門逛街還遇到認識的人！

因為宋昱軒手賤的緣故，我的冰箱正式報廢了，只好出門到百貨公司物色新的冰箱。至於為什麼是百貨公司而不是電器行或者大賣場呢？單純是因為尾牙的時候抽中了一萬塊特定百貨公司的禮券。

關於這點，我一直隱約覺得在我幫冥府做心理諮商後，冥官們一定有偷偷幫我加陰德。我比較正式在接案子的時候已經是大學，從家裡搬出來之後了。大學之前也只是偶爾在城隍廟的後花園聽聽冥官們的怨言，順便給點意見，不知不覺閻羅王就幫我安了一個「冥府心理諮商師」的稱號，偶爾他也會來找我問些事情……扯遠了。總之，我大學以前運氣普普，抽獎就是偶爾抽中一個最小的安慰獎，偶爾對中個兩百塊的發票。但是！在大學之後，我竟然每期都能對中發票，平均三期就會出現一張一千塊，新年買刮刮樂還有中過五千，有一次粉專抽民宿三天兩夜四人行我竟然也中獎，然後半年前的尾牙抽中了一萬塊的禮券。

他們絕對有暗中幫我做籤！早知如此我就從國中時期開始做冥府心理諮商，說不定我就能順利考上第一志願還一路順遂到錄取想要的系所了！很可惜的，千金難買早知道，不就幸好我對現在的工作不大排斥。

我還在哀嘆年少無知時，忽然有個聲音從後邊叫住我，「佳芬學姊！」

我知道有民間傳說說過，背後有人喊你的名字或者拍你的肩膀時絕對不能回頭，不然的話就會看到鬼。但對於一個本來就看得到鬼還順手兼差的無牌冥府心理諮商師，這個傳說根本就是胡說。

而且，不會有冥官會喊我「學姊」。

「啊……呃……妳的名字是……」靠，是新人學妹啊！名字名字是什麼快想起來！打算欺負我臉盲就是了嗎！

「楊育玟。」

「對！育玟學妹，妳今天沒有班嗎？」學妹果然是天使啊，馬上就知道了學姊我的難處。

「我是大夜，等等才要過去上班。想說在百貨公司打烊之前來挑送給未婚夫的生日禮物。他有跟我暗示過他想要電動刮鬍刀。」

啊……別放閃啊！我的眼睛都快瞎了！看到育玟學妹不自覺地轉動訂婚戒指，就算上面一顆鑽石也沒有，我還是想要戴太陽眼鏡防強光！

「學姊妳呢？」

「我來花掉我的一萬塊禮券。」我沒有戒指，更沒有男朋友，只好秀出裝著禮券的信封，「冰箱壞了，順便用掉。」

「喔喔！一萬塊真的省很多呢！」學妹說得很開朗，也很識相，在知道這個話題會越來越尷尬之前就跟我揮了揮手，「那學姊我就先過去那邊看啦！祝學姊能挑到一個好冰箱！」

與其挑到一個好冰箱，我還不如直接禁止所有冥官進入我的蝸居比較實在。帶賽的都是他們啦！

好啦，百貨公司也要打烊了，趕快挑一挑走人吧！我看著一整排的冰箱，思考我對冰箱的需求，只用兩分鐘就決定好要買哪一台了。

此時，頭頂的日光燈熄滅了，不一會兒又恢復了光芒。我身邊也多了一個「人」。

「這一台嗎？」一個熟悉的男聲說。「妳應該選後面那一台，比較大，價錢也只差五千塊。」

「我一個人住，買那麼大的有什麼用？而且我矮，兩層剛剛好。還有，站到我旁邊，不然我的脖子很不舒服。」

因為宋昱軒是冥官，本質上也算是鬼，所以他跟我講話的時候都有陣陣寒氣吹在我的後頸。昱軒畢竟是我的助理，對我命令的態度也習以為常，挪動了身子站在我眼角餘光。但我不能「注視」著他說話，不然外人看起來會覺得我是精神病患，有幻聽或幻視的那種。

「那妳要不要順便買個熨斗？妳的衣服好像都沒在燙？」一隻穿著條紋襯衫的手橫跨我的眼前，指著另一側的熨斗區。

「不要。居家服在家裡穿的，燙來幹嘛？又沒有人會看……」

等等，襯衫？

這下我可是用正眼認認真真將宋昱軒上下打量了一遍。

「你穿成這樣幹嘛？」紮進西裝褲的黑底綴酒紅色的條紋襯衫搭上同色系的運動鞋，平常的髮髻也不見了只剩下清爽的短髮，乍看之下宛如普通的上班族，仔細看也像個上班族。

「這邊被通報有遊魂在這裡騷擾人類，我是來回收的。」

我壓低聲音說，「那也應該穿你們的袍子吧！穿普通人類的裝扮是能有什麼幫助嗎？」

「單純讓那隻遊魂戒心小一些吧？我穿冥官的袍子，被那隻調皮的遊魂看到了，他就躲起來了啊！」宋昱軒很順手地舉起了手，向著不遠處招呼道，「小姐，我們要買這一台。」

「靠，你現在該不會是普通人也看得到的狀況吧？」

「既然我都處在可視狀態了，就順便幫妳點小忙。不用謝。」宋昱軒若無其事地說。

「反正妳舉起手店員也看不到你。」

一百五十公分在兩排冰箱中間是劣勢沒錯……但也不需要提醒我我很矮的事實！

「先生，請問……」

「剩下的就交給她決定。」宋昱軒留下這麼一句話就離開了冰箱區。

慶幸的是，店員也沒有多餘的詢問和側目，帶我到櫃檯結了帳、約好送貨的日期就沒事了。

「學姊，妳買完了嗎？」

楊育玟又出現在我身邊，親切地笑著，手上還提著一個紙袋，看來她也結束這次的購物了。

「對啊，我買東西很快的。」

「對了，剛剛我看到妳身邊有一個穿黑襯衫的男生，那個人是誰啊？我剛只看到側臉，但是他的側臉也好帥啊！」

被學妹這麼一說，店員也一臉期盼地望向我

……宋昱軒！我握緊拳頭狠瞪著冥官離開的方向，但是兩個好奇的女人就在我眼前，我是能怎麼辦！

「一個很久不見的朋友。」我儘量自然地結完帳離開櫃檯，只不過解決了一個，還有一

個麻煩和我一道搭電扶梯離開。

「真的只是朋友嗎？」

「真的！」這個時候一定要矢口否認！女人的八卦是世界上最可怕的東西！

楊育玟顯然不相信，但也只好放下話題，開始跟我請教工作的內容。我這才鬆了一口氣，雖然說下班時間還要聊工作很可悲，但我現在只想轉移她的注意力，迫使我趕緊把這幾年的經驗傳授給她，不要讓她再想起穿現代裝束的冥官。

抵達一樓的化妝品區時，趕人離開的晚安曲已經響起了。我們兩個都要往更下一層的捷運站去。就在扭頭朝著身後向下的電扶梯時，一股腐臭至極的味道鑽入我的鼻孔，在瀰漫香水芬芳的專櫃旁顯得更加突兀……

「楊育玟……」

「嗯？誰——學姊，怎麼了嗎？」

還問我怎麼了？我救了妳啊！還是我趕緊捧住妳的臉不讓妳往後看，才沒有讓後面那隻惡鬼得逞。

「我只是想說妳好像嘴唇有點蒼白……妳是不是大姨媽來啊？」

「沒有欸……真的有白嗎？」

「我看一下妳的結膜，妳不要動。來，看上面……」我努力無視著從剛剛開始就一直盯著我的惡鬼，披頭散髮幾乎是每個遊魂的特徵，但是那張蒼白的臉卻透著淡淡的紅光，兩顆凸出眼眶的眼珠正狠狠地瞪著我，彷彿我是殺他的凶手一般……

這哪門子的遊魂，分明是超凶的怨魂！宋昱軒快來幫忙啊！我心裡一邊吶喊，還要一邊繼續轉移學妹的注意力。「嗯……看起來好像有點白啊，妳回去好好吃一些牛肉補一下……」

「唰！」長劍出鞘的聲音傳來，一個黑色的身影從我旁邊竄出，直直奔向那隻怨魂。白晃晃的劍身已經穿過鎖骨，成功讓怨魂退後了兩步。怨魂吃痛仰天嘶吼，但是宋昱軒的動作並沒有在此刻停住，因為已死之人是不可能這麼好制伏的，他順勢往下砍，怨魂卻往旁邊挪了一步，沒斷完全的手臂也一把將宋昱軒撢出。宋昱軒在空中俐落地翻了個身輕巧落地，再度提劍直刺怨魂。

「唔，怎麼突然覺得好冷？」

廢話，剛剛昱軒可是直接穿過了妳的身體啊！看妳這個反應，明天就會得個小感冒吧？

「百貨公司的冷氣太冷吧？」我隨口搪塞道，這時好幾個化妝品專櫃的燈泡都一閃一閃，就在爆裂邊緣。

此刻宋昱軒還在跟怨魂打鬥，現在戰況是怨魂掐住了宋昱軒的脖子，把他重重地砸在擺滿昂貴化妝品的展示台上。

「咦？怎麼倒下去了？」

鬼的打鬥對實體的東西傷害是很小的，剛剛怨魂那架勢十足的攻擊也只震得底部較不平穩的一管睫毛膏從展示台上倒下而已。

「學妹，我們走吧！」

怨魂在毫無察覺異狀的學妹身後飛出了一個漂亮的拋物線。

「喔，好啊！」

宋昱軒腳下一蹬，化為一道黑影衝向怨魂，不讓怨魂有任何喘氣的機會。

他應該不會有事的啦！雖然只是個冥府行刑人，但好歹也是個做了快一千年的冥府行刑人。而且，鬼又不會再死一次。

我很放心地往下一層搭捷運去了。

結果宋昱軒的事情還是在工作地方傳開了。

我長長地嘆一口大氣，望著八卦中的男主角，抱怨道，「你就一定要找事給我做嗎？嫌我太閒是不是？」

「真的很對不起，我沒有想過會遇到妳的熟人。」

宋昱軒再真誠的道歉也沒用！不只學妹，現在就連學姊都會有意無意地問一句：「妳男朋友在哪裡高就啊？」

高就？他在地底工作啦還高就！下次再問我索性說他是礦工算了！

「妳大可跟他們說我已經結婚了。」

「也是個方法……」我若有所思地點頭，隨即才注意到宋昱軒句子裡讓人震驚的部分。

「結婚？你結婚了？生前還是死後？」

「生前……拜託，我那個年代男子不婚多丟臉啊！再怎樣都會有媒婆去幫你說親好不好？我又不是長得很抱歉。」

也是啦，古代男性沒有三妻四妾就已經算專情了。出去和其他女性「交流」也只會冠得「風流倜儻」四字。況且，在「不孝有三，無後為大」的年代，沒有老婆好像真的說不大過去。

「啊我們的主角怎麼到現在都還沒有出現？你的學弟呢？」

說曹操曹操就到，街燈不穩定地閃爍了一下，街口就多了一個人，那個人快步地朝著我們走過來……

「他是笨蛋嗎？傳送點明明就在我後面，硬是要從街口的城隍廟出來。」

「可能他怕嚇到妳吧？」

「遊魂或怨魂就算了，被冥官嚇到我是都不用跟你們打交道了嗎？」

我們一來一往吐槽的同時，明廷深已經來到了我們的眼前，他禮貌地跟我們點頭，「簡小姐，昱軒前輩。」

「既然主角到了，那我們就開始吧！趕快開始趕快結束，我可不想得登革熱。」我在全身補上驅蚊噴霧，現在就只求能夠在我的驅蚊噴霧用完之前，明廷深能夠結束這次的療程了。

我下巴向正對面的屋子點了一下，「那間屋子，裡面給我清理一下。」

「清理？我沒有帶清潔工具……」

「我是叫你去把屋子裡的鬼全處理掉！」我雙指按在太陽穴之上，試圖緩解因笨蛋引發的疼痛，仔細解釋道，「怨魂我不知道，但是裡面有很多遊魂。反正就照著冥府的標準流程把裡面的鬼全部解決。好了就出來。」

「呃……」明廷深弱弱地詢問，「昱軒前輩會一起進來嗎？」

「不會。」宋昱軒馬上粉碎學弟的希望，「我要在外面保護佳芬。」

沒錯！我是個手無縛「鬼」之力的普通女子，只是剛好「看得見」而已——說不定再加個膽子很大不怕死？我就不相信有多少個陰陽眼敢像我這般和冥府打交道的。

明廷深的視線在我們兩人之間徘徊，再看向正發出淒厲慘叫的廢宅，然後怯怯地發問，「如果我出什麼事的話……」

「我們會幫你交代後事的——拜託！冥官又不會死！你有事的時候昱軒會進去救你的。」

明廷深得到這麼一句承諾，似乎安心了許多，提起他的佩劍和用來捆綁遊魂的繩索後，走進了廢宅。那個背影就像壯士準備赴一場不歸的約定——

他的身影自門口消失沒多久，裡頭就傳出冥官的尖叫聲……

昱軒偷偷掃了我一眼，「妳有打算讓我進去救他嗎？」

「你覺得呢？」

「當然是沒有。」

「知道就好。」

此時，明廷深的尖叫聲已經被華麗的法術光芒和氣勢磅礡的吶喊取代。

「放心，經過一番廝殺洗禮出來之後，他會感謝我的。」我拿出口袋裡的宣紙，可惜地看著上頭的毛筆字，「這個獎金換算成台幣我就一輩子不愁吃穿了啊！」

就不知道冥府願不願意讓我抽成？

「妳下次可以去某個鬼宅發揮專業，用妳的嘴巴感化一眾鬼魂，這樣也會有獎金。」宋昱軒在一旁涼涼地說。

「我能做到這種事情的時候就可以創立宗教傳教了好不好。」用嘴巴感化鬼也太魔幻了

吧？我還比較相信我能用一張嘴讓鬼宅裡的遊魂全數凶化成攻擊力更強的怨魂，增加任務難度。再說了，我是無牌無照的冥府心理諮商師，根本沒有任何專業可言好嗎？

正當我胡思亂想的同時，鬼宅裡也不再傳出任何聲音，但是裡頭的怨氣卻越來越濃厚，惡念瀰漫在空氣中，黏膩的觸感十足讓人感到不適……

「裡頭好像不太妙……這一間是不是超出他的能力範圍了啊？」我突然有一點點擔心地看著廢宅。

「絕對超出。這一間放著不管百餘年，不是沒理由的。」

等等，你比我還狠啊！我叫你找一個越凶越好的，你還真給我找一個最凶的。

學弟跟你有仇是不是！你果然有在嫉妒別人升遷得比你好對吧！

「妳怎麼用那個眼神看我？不就是妳叫我找最凶的鬼宅嗎？」

是這樣沒錯……但是……

「不過廷深也是真的遇到危機了，我稍微幫一下應該沒問題吧？」

我做了一個「請」的手勢，一邊期待宋昱軒大顯身手，看他衝進塞滿鬼魂的廢宅，挖出深陷於鬼牆當中的後輩再把後輩夾帶在腋下帶出。我滿懷期盼地望著昱軒，只見冥官深吸一口氣，把手放到嘴巴旁邊……

「廷深你快給我用好出來！讓前輩在外面等你好意思啊！」

咦？

「這叫幫忙嗎？」

宋昱軒無視我詫異的表情，一本正經地說，「精神喊話也算一種幫忙。」

「你可以再更狠一點。」

「把人丟進鬼宅的人好像沒有資格說這種話。」宋昱軒說這話的同時，建築物裡頭忽然爆出一道陰森但正氣的綠色光芒，透過原本就破碎的窗戶還可見到數十道劍影從四樓的左翼直直砍向右翼。頃刻間，所有的惡念和怨氣也消失無蹤。

哇，還真成了啊！幾分鐘後，明廷深一拐一拐地從鬼宅門口走出來，連人形的偽裝都沒有力氣維持，原本眼珠應該待著的地方只剩下兩個混沌的空洞。看習慣各種鬼魂的我認為這一點也不可怕，我還覺得宋昱軒的原形比較噁心。

「昱軒前輩，真的很抱歉讓你久等了！」明廷深出來先是向宋昱軒賠不是，看他那副鞠躬認錯的模樣，就只差沒跪下來求饒了吧？

「沒關係，沒事就好。我們回去吧！」宋昱軒從我手中抽走手上的冥紙任務單，拉上全程不知道自己在幹嘛的明廷深，在一明一滅的路燈下消失了。

好啦好啦，今天算是任務結束啦——啊乾！好像忘記提醒宋昱軒要幫我抽成……

但說實話，冥鈔又換不了新台幣，存著是能幹嘛？等我死後再花嗎？我還是腳踏實地，

好好回去睡覺準備明天上班被操一波，是說回家的路在後面那條巷子……

我回頭的時候，一張臉赫然出現在我的面前！我整個人猛然一震，差點沒嚇到跌坐在地上。她梳妝豔麗，原本的大波浪捲被水淋濕後貼在肩上，不管是口紅還是腮紅都是最亮麗性感的顏色，但是她的臉上有龜裂的痕跡，就好像廉價的粉底擦得太厚太乾裂開一樣。

她的雙眼流下兩行血淚，狠戾的眼神和我對上了眼。

為什麼我都沒有發現？雖然說我只有一雙陰陽眼，感應力又時有時無的，但總不可能一隻怨念那麼重的傢伙飄在我後面卻沒發現吧！

雖然要假裝什麼也沒看到已經來不及了，但是我還是強裝鎮定，繞過她往公車站的方向走去。還偷偷地回頭看了一眼……

跟上來了啊啊啊啊！宋昱軒快救我啊啊啊！我直視前方前進，心中不斷默念昱軒的名字，希望我們那麼久的交情能夠發展出什麼心電感應召喚他過來。很可惜的，我們之間除了友誼之外什麼也沒有。尤其他剛把明廷深送下去，一時半刻也不會回來。

忽然，一隻手抓住我的腳踝，冰冷黏膩的觸感從肌膚傳來。我奮力壓抑自己想一腳踢開的念頭，因為我知道只要踢下去惹毛了怨魂，我就吃不完兜著走了！

我緩慢地往下看，那張龜裂的臉這次是在地板上，頭髮和皮膚龜裂處汩汩冒出的血水浸濕了我的鞋子。如果換成有昱軒在的場合，我說不定會一腳踩下去，然後順便把新鞋子的帳單燒下去叫她賠。不過現在我的身邊沒有冥官，而我就只是個有陰陽眼的普通人。

她看著我，我看著她。我們一人一鬼就這樣對看了一分鐘，我這才知道為什麼我沒有感覺到她的存在。

她太悲傷了。她的黑瞳雖然透出深如海的怨念，卻不是針對我。她想向我表達的是她的哀傷和懊悔。

「妳……找不到回去的路嗎？」我試著和她對話。如果是還有一絲絲理性的怨魂，溝通說不定能成。

她點了點頭，張開嘴巴，卻說不出一句話。我也才注意到她脖子上有兩個對稱的黑手印。我越盯著那個手印看，那手印的色澤也越來越深沉。

她一臉殷切地看著我，似乎希望我能幫上她

我強迫自己從她的脖子移開視線，輕聲地說，「我不能幫妳。不管是幫妳雪恨還是讓妳回去，我都沒辦法做到。我只是看得見的普通人。」

她靜靜地低下頭，整個顯得很落寞。如果她不是怨魂，她自己從地板爬起默默飄走的模樣其實有那麼一點好笑。

「但我知道誰可以幫妳。」她的臉瞬間在我眼前放大。我這回真的是用上所有修為才沒有飆出髒話原地跑走——

可以不要這樣嚇人嗎！我的心臟承受不住啊！

我緩緩從錢包裡掏出一張黃色的名片遞了過去，「這個是他的名片。記得不要單看外表就嫌棄他，他是真正能幫妳的人。」想來，我房間裡的掃把還是「他」特製給我的，不知道用了什麼方法加持過，外表一樣是普通的掃把，實際上是能夠拿來打鬼的武器，沒鬼可打的時候還可以掃地，十足一個隱藏在民宅的凶器，超級實用的啦！

她接過名片，珍重地握在胸前，彷彿是她最後一根救命的稻草。她對我九十度鞠躬，然後消失在空氣中。

不要說我不幫忙，我可是有幫忙啊！我還有幫忙轉介專業人士，可不像某人只會精神喊話啊！

隔了幾天，各大媒體爭相報導一具在鬼宅不遠處的大水溝發現的女屍，棄屍的垃圾袋還裝了石頭不讓她浮起來。凶手也已經被抓到了，逮捕的地點還很神奇的是醫院的加護病房。因為浮屍被發現的前一天，凶手酒駕出了車禍，雙手粉碎性骨折，外加整張臉被撞成豬頭。不知道是不是因為撞到頭的關係，他在太陽下山之後就會開始對空氣大喊「妳不要過來！」、「求求妳放過我！」、「我的脖子好痛，我快不能呼吸了！」之類的字眼。

所有的人都說是報應，有些有醫療專業的說是「黃昏症候群」……但我覺得「報仇」或者「出氣筒」會更貼切一點。尤其前幾天跟他聯絡的時候，他才跟我抱怨期末考壓力很大，很需要找個倒楣鬼來發洩一下。

那間醫院外觀好熟悉，難不成……我關掉電視，在電腦前稍微操作一下，就在重症加護病房的病人名單中找到了對方的病歷。我看向上面「多重創傷」的診斷和凶手的X光片……

蒼藍那傢伙……

幹得好啊！

明廷深

治療評估：百年束手無策的鬼屋成功被他剿滅，下去領賞中。下次回診評估自信增加程度。續觀。

「……下次再遇到這種事情，可以先叫我回來嗎？」宋昱軒聽完我的敘述，念了一句。

但是事情都已經發生了，我是還能怎樣？

「反正蒼藍都已經解決了，這件事就放著吧！」

提到蒼藍的名字，宋昱軒的嘴角不悅地往下彎。世界上應該沒有一個冥官喜歡這個傢伙。

「……雖然我不喜歡他，但妳真的可以叫他幫妳做一些防身的東西。」

可是蒼藍也是少數真正能夠解決問題的人，當然是「好兄弟」那一方面的事情，就連冥官也認同這一點。至於為什麼冥官不喜歡他……我只能隱隱猜測是道士和冥官的適性不合。因為冥官傾向把鬼魂抓回去，道士傾向讓鬼魂連回去都不能回去。可是蒼藍明明也不是見鬼即滅的那一派，但不知道為什麼他就是不得冥官的喜愛。

可能之前曾經發生過什麼事吧？但是既然沒人願意說，我自然也就都不過問。

有時候，無知也是一種福氣。這句話對有陰陽眼的人更是感觸極深。

「那麼，我們繼續叫下一個號碼喔？」宋昱軒等著我的許可，我也點頭示意他放人──放鬼進來。能夠有這麼好的配合默契也是經過五年的培養啊！想當初，閻羅忽然把他塞給我當助理的時候，不只我懵了，他也手忙腳亂的。還是被我趕去醫院跟了一個禮拜的門診，觀察門診護理師和醫師之間是如何配合的，他才能夠上班。

冥官打開漆黑的木門，一位妙齡少女哭得妝都花了，黑色的淚痕印在她的臉頰上，哭得通紅的雙眼望著我。

我猜，來問感情問題的。

我還沒開口，少女悶著已久的情緒彷彿總算找到了出口，宣洩而出，「簡小姐！我真的不知道該如何是好！想來，五十年前我剛認識他的時候，他對我是多麼地體貼溫柔，約會還會幫我提背包……可是現在！一開始只是普通的吵架，之後他還會打我……可是我相信老公在心底還是愛著我的！請問簡小姐，我到底做錯了什麼，我要怎麼樣才能挽救這段婚姻？」

果然被我猜對了。我望著她，開始思考要怎麼引導她走出爛男人的陰影。

重點是，她還相信那個男人是愛她的啊！拜託，「打是疼，罵是愛」用在小孩身上或許勉強適合，用在情侶之間絕對有問題好不好！

「妳會挪移陣嗎？」

還在抽泣的少女被我突如其來的問題搞得一愣，良久才點了點頭。

「妳的職業是什麼？」

「我……我是孟婆。」

「孟婆」就是在奈何橋上餵準備投胎的鬼喝孟婆湯的那位。每天輪迴的靈魂有那麼多，他們不可能只有一個孟婆常駐在橋上。

「冥官之間不能生小孩，大多都是領養一些夭折的嬰靈。所以妳有小孩嗎？」

「沒有……他不喜歡小孩……」說到這裡，這位孟婆低下了頭，彷彿說到了她的傷心事。

「妳想要有小孩對吧？他一直反對？」

她輕輕地點頭。

「你說他還會打妳？」

「那一次……是因為我沒有做好時間分配，家裡沒有整理——」

我忽然大力拍桌，情緒比病人還要激動地嚷嚷道，「這種爛男人妳還幫他講話幹什麼啊！」

因為我突然發難，小孟婆整個人縮了起來，很害怕地看著我。我指著她的鼻子繼續大吼，「怕什麼？怕妳老公好不好！告訴我，妳老公到底有哪一點好的？」

「他……他還是很好的！他在工作上很負責任……」

「那對妳呢？我就問一個最簡單最直接的問題好了。妳的錢是不是都拿去給他了？」

「呃……對？想說一起管理也比較好。」

「妳真的是笨欸……」我無奈地扶著額頭，好久沒有看過那麼天真的冥官了，「那妳有看過存款簿嗎？」

「沒有啊，交給他管又不會有錯。」

「昱軒，調他們的帳戶紀錄出來。」宋昱軒坐在一個法陣面前，用著我看五年都看不懂的手法像撥古早電話盤那樣撥著綠色的法陣，沒一會兒就從當中取了一式兩份的冥府銀行帳戶交易紀錄，其中一份給小孟婆，另一份則放到我眼前。

「這……」

這男的也真不賴啊……我望著存款簿上大大的零，讚嘆著。

我就來看看妳要怎麼幫老公解釋。

「可能是他最近想要買屋子給我驚喜？」

我倒！這樣子也能幫妳老公圓過去？看來這個沒救了……

「我告訴妳，妳最近去跟蹤妳的老公，跟蹤一個禮拜，不要給他發現。」

「誒？為什麼我要跟蹤他？」

「妳不是問我有什麼方法可以挽回嗎？」我用著「不容反抗也不要多問」的氣勢直視小孟婆，「我不是妳老公，哪裡會知道？妳去跟蹤他，更了解他，不就會知道妳要怎麼做才能挽回他嗎？」

「嗯……」似乎認同了我的說法，小孟婆微不可見地點了點頭。

「那還有什麼事要問我的嗎？沒有的話，就先出去吧。」我等個案出去了才吩咐昱軒：「這一位的諮商紀錄就用『外遇』的模板。叫下一個。」宋昱軒並沒有馬上按下叫號燈，而是提醒道，「妳今天要看到幾號？」

「就看到諮商時間結束吧，我才不想連這種業餘工作也在加班。」

頭上的鬧鐘忽然傳出殺豬般的慘叫聲。

「我還剩幾個？」

「七個。」

「我再看一個，其他的改約下一次。」

宋昱軒一臉眼神死地看著我，「妳要我出去宣布這種事情？妳是想要害我被個案們打死嗎？」

「你又不會死。」我涼涼地說。「要不我來說。他們攻擊我，你就把他們通通打飛吧！」

我離開昏黃燈光的診間，手大力推開純黑的大門，雙手叉腰氣勢滿點看著坐在小小木屋前的冥官們。

「我表定只看到凌晨三點，我是人類我還需要睡覺。今天再看最後一個，其他改約下一次。大家有意見嗎？」

眾冥官沉默地看著我，就連大氣都不敢喘一聲……如果他們有呼吸的話。

廢話，大家當然都乖乖的。我可是冥府前無古人，後無來者的冥府心理諮商師，我罷工了就都沒了，更不用說宋昱軒手放在劍柄上，殺氣騰騰地站在我的身後。

「很好。」我滿意地點頭，回頭指示宋昱軒，「叫號。看完我要回去睡覺了。」

宋昱軒叫完後，回來診間幫我拿出個案的諮詢紀錄，「唐詠詩，也是一個老公出軌的，回診。」

我記得這個個案，她也像剛剛那個小孟婆一樣，一進診間就哭得淅瀝嘩啦的，最後也是被我叫去跟蹤丈夫的一位可憐女性。

「簡小姐！」打開門的女性差點讓我以為是另外一個人。

我明明記得唐詠詩是一個嬌小纖細、溫柔嫻淑的小女生，就連打扮都是賢慧的襯衫配上長裙，就像一個標準的良家少女。

誰來跟我說眼前這個穿半透明罩衫配上熱褲，還畫了大濃妝的女生是怎麼一回事！

「怎麼了？我不是叫妳跟蹤妳的丈夫嗎？我沒有叫妳去改變形象過啊！」

「我嘗試去更了解他的品味了啊！我看他去人界的時候都是找這種女生，所以我也穿成他喜歡的模樣——」

「出去，妳等一下再進來。」

唐詠詩乖順地離開診間後，我倒在椅子上，雙指按住鼻梁。

「宋昱軒。」

「嗯？」

「把她的老公給我宰了！」

「我還以為妳會叫我把詠詩的腦袋敲開看看裡面到底裝了什麼。」

「這樣也可以……真的是傻女人啊！那個男的真有那麼好嗎……又不是沒有經濟能力，死死巴住這種渣男對自己到底哪裡好了！」

還有，原來冥官可以跑去人界尋樂子喔？那些小姐知道枕邊人是鬼會有何感想啊！

這種傻女人……我心情總算平復後才把人又叫了進來。不然唐詠詩剛剛在我眼前多待一秒，我只會忍不住用手邊的拖把把人揍到清醒。

一臉困惑的唐詠詩走了進來，落座於我手邊。

「詠詩，我直接了當地跟妳說。」我特地頓了一下，讓個案能有點心理準備，「妳的丈夫外遇了。」

「我知道。」

知道？為什麼知道還能這麼平靜？

「所以我才想要盡力挽回啊！」

「那我問妳，妳現在開心嗎？妳幸福嗎？」

「我很痛苦，可是愛情就是這樣不是嗎？就算很痛苦，最後也會是甜蜜的，一切都只是過程。」詠詩坦蕩蕩地說。「我選擇了他，我愛他。」

這種蠢到極致的女人啊……到底為什麼要對一個不愛妳的男人這般付出呢？

可能就是因為我不懂愛情的偉大，所以到現在還沒有談過戀愛。

他媽的找一個男生讓自己煩惱幹嘛，我又不是被虐狂！

可是，我又想救她。心地這麼善良的女人不值得被男人糟蹋，就算她是自願的我也想要插手干涉。

開大絕吧。

「我讓妳換一個環境，妳的丈夫都沒看到妳說不定就會來找妳，在這段期間都不要自己聯絡丈夫。」

雖然我覺得那個丈夫應該連老婆跑不見了都不知道。說完，我抓起電話，撥了分機五五五五號，「閻羅王大大，我想調職一個冥官——孟婆，名字是唐詠詩——調到哪裡？我想想……人界不是有遊魂服務中心嗎？專門幫助無法順利抵達冥府的鬼魂。」

電話的另一頭盡是無奈，「為什麼有一種妳的位階還比我大的感覺。還能命令我人事調動啊？」

「我當初來冥府設立諮商小屋的時候，是你自己放話說需要什麼儘管說。現在想反悔了是不是？」聽到我這般跟閻羅王說話，唐詠詩的眼珠子差點沒凸出來，宋昱軒則見怪不怪地繼續幫我整理諮詢紀錄。

「好嘛好嘛，我幫妳調就是了，這麼凶幹嘛……」靠，想毀約的是你，怎麼搞得像是我在欺負你啊！閻羅王話鋒一轉，換了個輕鬆的口氣，「妳這個診看完要不要一起來喝一杯啊？」

「我明天是白班，改天吧！反正你一定調查得出我小夜班是什麼時候。」我掛斷電話，繼續跟唐詠詩說明後續處置，「我把妳調去人界了，妳去人界轉換個心情。下次回來約三個月後，好不好？」

「她大概沒聽見。」宋昱軒提醒道。

也是啦，她的臉還停留在「對閻羅王是可以這樣大小聲嗎！」的表情。

我伸了一個大大的懶腰，「當她同意啦！我們休診，回去睡覺囉！」

唐詠詩

診斷：丈夫外遇，想挽回婚姻。

治療評估：跟蹤抓姦無效

處置：讓她遠離那個渣男。已請求閻羅協助調職，安排三個月後回診。續觀。

「學姊，妳要回家了嗎？」

「下班我不回家待在這裡幹嘛？」當然是趕快打卡簽退回家休息啊！前一天還在「樓下」進行諮商到凌晨三點半，靈魂回到家都快四點了……就算我白天有睡夠才出來上小夜班，我還是不想要繼續待在這裡啊！

「那麼學姊，我跟妳一起回去吧！反正順路。」楊育玟抄起家當，跟在我的屁股後面，滿心期待地望著我，「一起回去比較安全吧！」

比較安全？可是學妹，老娘自己一個人走回家的路這麼多年，都沒遇到過什麼事情，妳又何必來陪我呢？基於不想潑學妹冷水，我也只好默許她陪我回去這件事。結果我才知道學妹是有問題想請教我，才特地要跟我一起走回家。雖然說我有猜到她別有目的，但完全想不通為什麼會找我。畢竟我平常與同事們還是保持著一個禮貌的距離，並不是特別親切的人。

前半段路育玫學妹先聊工作暖場，看氣氛對了才終於問出今天的重點問題：「學姊，妳的房東怎麼樣啊？」

我的房東怎麼樣？我的房東簡直是天使啊！我這個房客都快把她的房子住成鬼宅了，房東還沒有趕我走，真是好到不能再好了！家具壞掉隨叫隨到，廚房漏水隔天就找人來修，房租也不會太貴還在合理範圍，我真心覺得遇到這種房東是我三輩子修來的福氣啊！

說不定也有一些超自然因素幫我就是了。

我要聲明，因為我的副業而壞掉的家具和電燈泡，我是絕對不會麻煩房東的！我可是優良房客啊！

「還不錯啊，妳最近在找屋子嗎？」我瞄了一眼她左手中指的訂婚戒指，「不是跟未婚夫住嗎？住不習慣？」

「我們有考慮搬家……」看學妹話語卡在喉嚨想說又不敢說的表情……我實在太熟悉了！許多初次諮商的冥官都有類似的狀況。

「為什麼呢？」來來來，開始進行話題誘導了喔！這個我最會了。

「就是……」楊育玟遲疑地看了我一眼，我的視線與她對上，鼓勵她繼續說下去。

「本來一度電五塊錢就有點貴了，又在比較老舊的公寓。算下來真的划不來。」楊育玟說。但我覺得這不是她主要困擾的原因，所以主要是鄰居，還是……

「而且，我們最近都會聽到一些怪聲音……」

就是那個「……」了。很不巧的，我跟這種東西很熟。

「是鄰居嗎？」

「可是我的鄰居還來敲我的門叫我們注意聲量耶！」楊育玟委屈地說。「而且因為是桌子移動和敲牆壁的聲音，還被鄰居笑我們每天都那麼用功『做功課』，丟臉死了……」

準夫妻嘛！先聯想到你們每天很努力「做功課」也是挺理所當然的。

幫忙嗎？還是放著？抑或是轉介給專業人士？要不，叫宋昱軒幫我看一下應該不為過吧？

但我覺得一度電五塊錢太坑人了！學妹搬出來說不定是好事！但是總不能因為這個理由就放任學妹被鬼騷擾吧？

「學姊，我家到了。」楊育玟轉頭對我說，卻發現我一直盯著這棟沒幾戶人家亮燈的老舊公寓看。

「學姊？」

「妳家在幾樓？」

「三樓。怎麼了嗎？學姊要上來坐坐嗎？」

三樓還真巧啊……我正好看到三樓的陽台有個渾身鮮紅的人影盯著我們的方向看啊！這鬼也太凶了吧！

我拉上學妹，目標明確地開始狂奔。

「學、學姊，怎麼了啊！」

「妳最近有去鬼屋嗎？」

「呃……我們醫院算不算？」

不算！為了我的安全，那裡是有冥官定期在清掃的！所有的靈異現象都是他們在執行任務的時候產生的。

「那有沒有去拜奇怪的廟？」

「也沒有——學姊，我的鞋子掉了——」

鞋子掉不掉不重要，妳的命才重要啊！妳知道那隻鮮紅色的鬼一直跟在後面嗎！

靠夭，為什麼明明鬼的性別是男的還可以這麼恐怖啊！還手刀衝過來是怎樣！是鬼就敬業一點給我用飄的！

我繼續追問，「身上有沒有奇怪的護身符或者佛牌？」

「呃……未婚夫的媽媽去泰國買回來的佛牌算不算啊？」

絕對算！來路不明的佛牌別亂買啊！妳看看妳，都買了一隻怨魂回來了啊！準婆婆是想用下蠱害死準媳婦來徹底避免婆媳問題嗎！？

「是說學姊……我好像看到妳為什麼帶著我跑的原因了……」育玟學妹說這話的同時，腳下速度也變快了。因為我身型嬌小的關係，育玟學妹很快就跑贏了我，甚至還得放慢速度等我。

幹，連逃命的時候老天都可以笑我腿短。

頃刻，鮮紅色的手出現在我跟學妹之間，尖銳的爪子九十度轉向，在學妹能夠反應之前抓向學妹的肩膀，深深沒入皮下。

「啊啊啊——！」學妹幾乎要哭出來了，我立刻扯下今天才掛在胸前的愛心項鍊，一把丟在怨魂的臉上。明明外表是路邊攤一百塊就買得到的超廉價項鍊，卻在接觸到怨魂的那一瞬間發出燒灼的聲音。

「吼吼吼吼——」

吼屁啊！明明是你先針對我們的！好啦，是針對學妹，但我是連帶的受害者好不好！

怨魂收手摀臉的時候，我不顧學妹喊痛，拉住學妹再接再厲往前奔跑。最後，我帶著學妹跑到三條街外的高中學生宿舍前，緊閉著的門在看到我的時候自行打開了。

還真是大大的感謝啊！我少煩惱了門禁的問題，不然在門口打電話給裡面的某個住戶求救的同時，大概也要跟這個怨魂進行一番廝殺了。

我的救兵住在一三二房。這棟宿舍一樓是專門給有特殊需求的人住的，所以不怕吵到其他人。也或者說，只有「特殊」的人在這棟宿舍的一樓住得下去，其他都會被嚇到去收驚，然後要求換房。

「砰砰砰！」我大力地敲著一三二房的房門，「蒼藍！我是佳芬，快點開門！」

怨魂已經站在走廊口，而我們在走廊尾端。紅色的他面著牆壁，身體如同殭屍一般僵硬地轉身面向我們，然後是頭，最後彷彿有人鳴槍喊開始一般，再次舉起手刀向我們奔馳而來。

三小啦！為什麼這隻鬼一定要執著於手刀跑步啦！我就算現在叫宋昱軒上來也需要時間啊！速度最快的王牌我又不想麻煩他。啊最近的救援就在這個門後面，我幹嘛找個遠水來救我啊！

「蒼藍！別裝了，這個時間點你根本不會睡覺！快點開門！我是認真需要救命啊！」

怨魂已經接近到我能夠細細打量他身上的特徵與細節了，他的全身彷彿被奇怪的宗教儀式加工過，在肚子和手臂上有鬆脫的繃帶，那繃帶上面還用暗紅色液體（絕對是血）刻著咒

文，被撕扯過的嘴巴笑成一個詭異的弧度。他再度向楊育玟伸出魔爪，黏稠的鮮血從幾乎只剩骨頭的手湧出，滴下。

我把學妹保護在身後，兩人緊貼著門板。

如果蒼藍是因為看動漫看到正精彩不願意出來應門的話，我絕對做鬼也要來找他算帳！我相信管冥府的好朋友一定很樂意幫我這個忙，說不定還會陪我上來一起扁人！

「幹嘛啦——」

「哇啊啊啊！」突然開啟的門板使得我跟楊育玟雙雙跌到房間裡面。

出來應門的人抓著蓬亂的頭髮，見到外頭的鬼後，頹廢的眼神稍微亮了起來，「喔？泰國那一邊的喔？帶這種鬼回來是要送我的嗎？」

見到另一個障礙，怨魂將爪子伸向應門的高中生……

或許是因為蒼藍的外表實在很沒有威脅性，再加上房間的擺設，更加讓人放下警惕和戒心，怨魂才有膽把爪子朝向蒼藍。

蒼藍是個肥宅。

說蒼藍是肥宅真的沒有任何歧視的意味。就連蒼藍自己也很驕傲地承認自己是個肥宅，他的原話是：「我是肥宅我驕傲。」

對，所以我眼前那個正透過粗框眼鏡饒有興致上下打量怨魂，一頭蓬亂從未打理的頭髮，身高一百八十公分體重一百公斤（這個數字是蒼藍提供的，還很高興地跟我說「我破百了！」），身上還穿著某個虛擬偶像團體的周邊T恤，房間也擺滿了同個虛擬偶像團體手辦模型和周邊的高中生，正是蒼藍。

一道異樣的白光忽然出現在蒼藍身前，怨魂的手臂也一併被白光彈開。吃痛的怨魂身上的紅更加深沉，他張嘴嘶吼著。只見蒼藍一手翻出一張黃符，黃符在他手中燃起，化成由白光組成的繩索將鬼魂團團纏住。鬼魂憤怒的嘶吼聲變成淒厲的慘叫聲，響徹了整個宿舍一樓。

「這個咒式還挺有趣的，我研究完了再超度你送去冥府。」蒼藍另一手空舉，從他的書桌上召來了……飲料杯。

裡頭的珍珠甚至還沒吸完。

他把飲料杯的開口對著怨魂，怨魂如同被黑洞吸走般被吸進了飲料杯。在整個鬼魂被困在裡面之後，蒼藍隨手在開口揮了一下，飲料杯上就多了一層淨白的保護膜。他放手任由飲料杯自由落體，裝著鬼魂的飲料杯卻在掉到地板前消失了。

「肥宅道士」說的就是我們蒼藍。

相較於如此淡定的我，楊育玟在地上已經嚇傻了。

沒辦法，所有超自然的事情找蒼藍就對了！他雖然外表看起來很頹廢，事實上也很頹

廢，但是他真的是最能解決事情的人。

「好啦！我處理完了，妳們可以離開了吧？」蒼藍不耐煩地說，還一直往他的電腦方向看，「隊裡沒我就缺了個補師了——好痛！」

「補師你個頭啦！」一百八十公分的頭有點難巴，所以我選擇的是踢脛骨，「她人還在這裡，你至少幫她清乾淨再讓我們離開吧！做事情有始有終懂不懂啦！」

「好啦好啦！」蒼藍彎著腰，一手摸著疼痛的小腿，另一隻手開始做事情。

他從空氣中抓出了一張沾染不祥氣息的佛牌，那個佛牌在我眼前被白色的火焰燒得灰也不剩。很簡單地往楊育玟的方向一指，肩膀冒血的傷口不再出血，就連衣服也恢復原狀，連滴血也沒有。再往楊育玟的腦門一點，學妹就昏了過去。最後蒼藍彈了個手指，學妹從原地消失了。

蒼藍從頭到尾都沒有抬頭過，都在關心自己的小腿有沒有瘀青。

「詛咒物處理掉了、人治好了、記憶修正過了、人也送回去了，現在我可以回去打遊戲了嗎？」

我有提過眼前這個肥宅道士幾乎全能嗎？

「你給我的護身符我用掉了。」

「我今天早上給妳，下午就用掉了，佳芬姊妳這樣對嗎？」

「剛剛那隻那麼凶，你讓我叫冥官而不是先用你的東西，我是瘋了嗎？」

「那麼作為報酬，佳芬姊可以幫我諮商嗎？我想問升學——」

「我不諮商人類。」我直接拒絕。這個是我諮商的大原則之一，單純因為人類很麻煩。育玟學妹那樣子問我問題頂多算聊天，所以我沒打破原則。雖然說我不收個案，也還是提供了其他選項，「我無牌無照耶！你瘋了殘了怎麼辦？自己去預約你們學校的心理諮商師。」

「就是不喜歡我們學校的心理諮商師才會想找佳芬姊妳啊！」

「那麼護身符就算了。」

「好好好，我給妳就是了。小氣鬼。」蒼藍嘟著嘴，從一個抽屜裡拿出一個卡通貓墜子的項鍊。項鍊上的白光散去後還是一條普通的項鍊，就算我有陰陽眼也看不出任何不一樣。

「反正妳真的遇到生命危險就喊最大咖的那幾位出來啊……」

「你做個護身符是會少你一塊肉嗎！」叫最大咖那個出來我是真的會少掉東西啊！或者說多出東西，比如說我的肝指數和血糖。講到肝指數，我就不免職業病勸說一下身前的肥宅，「你好歹體重控制一下啦……過胖會早死喔！」

「我瘦很快的。」蒼藍坐回電腦桌前，眼睛盯著遊戲畫面，「而且生死簿我也看過了，不是健康問題死亡的，妳放心。」

「蒼藍，我告訴你，我每天都在看過度肥胖的病人胸痛或呼吸困難被送進來——」

蒼藍戴起耳機之前，對著我的方向彈了一個手指，我眼前不再是宅氣沖天的宿舍，而是我自己的屋子。

竟然對我使用強制傳送！這沒禮貌的傢伙！

你給我記住！我絕對只有更嘮叨！

【第二章】

失控／失速

精彩的生活過久了真的會忘記平和的生活長怎樣。但對我而言，能夠癱在沙發或床上大概就是最平和的日子了。

「叮鈴叮鈴。」清脆的風鈴聲在無風的情況下敲響。但是，我家的風鈴不管怎樣都是在沒風的情況響，因為我放在了一個風不管怎樣都吹不到的地方。

「請問有預約嗎？」我揉著眼睛百般不願意地從沙發上爬起來，走到玄關處，卻看到有個冥官正努力地用嘴巴吹著風鈴。

然後我就原地爆炸了。

「你用嘴巴吹？你竟然給我用嘴巴吹！」為了確認自己能夠揍到這個白痴冥官，我拿起餐桌上的烘焙手套（蒼藍加持過的）往那個白痴的頭殼敲下去，「冥官有幾百種方法讓風鈴發出聲音，而你竟然給我用吹的！」

明廷深抱著頭，怯怯地說，「可是簡小姐上次說要『吹動』風鈴？」

你自己都不覺得在我家玄關踮腳尖吹風鈴很蠢嗎！

見我又有破口大罵的傾向，白痴的冥官又弱弱地提議，「不然我用劍去撥風鈴嗎？」

你是鬼啊、鬼！可以不要用這麼物理性的方式搖動風鈴嗎！你的陰氣法術練那麼強到底用來做什麼的啊！腰上的佩劍是讓你撥風鈴用的嗎！你的劍都在為你哭泣了你有聽到嗎！

應該是自己已經無力再吐槽這個白痴了，我索性省下自己的口水，翻出明廷深的諮商紀錄後坐到餐桌邊，直接開始諮商。首先，先簡單寒暄幾句，「如何，在新環境還好嗎？」

「我終於知道為什麼我會被指派為平等王的近衛了。」

所以你總算認清你自己的實力了吧？

「平等王的近衛只需要待在崗位上，當個裝飾。像我這般能力低落的小小冥官再適合不過了！」

……

為什麼我覺得我跟宋昱軒幫他找的鬼屋白白浪費掉了！

「昱軒不是說，你去領任務賞金的時候把人間任務管理辦公室的人嚇傻了嗎？」宋昱軒和我轉述時臉色滿滿的愉悅，想必當時整間辦公室的表情精彩到可以彙整成一個表情包。也有可能沒人相信這種愣頭愣腦的傢伙竟然真的解決了上百年無解的鬧鬼大宅吧？

「啊，任務能解決都是昱軒前輩的功勞吧？」提到宋昱軒的名字，明廷深的臉上浮現滿滿的崇敬，「如果不是昱軒前輩幫我，我說不定就被困在鬼宅，加入百鬼的行列了。」

宋昱軒從頭到尾就只喊了一句話，就一句！還不是什麼鼓勵的話！不需要對他如此崇拜好不好！

媽的宋昱軒，下次再有這種案子，你最好給我閉嘴站在旁邊當雕像！

可是，人都來回診了，我能不好好諮商嗎？

「有人跟你說過你很沒自信心嗎？」

「還蠻常的……同事和上司都鼓勵我可以自信一點。」

「對啊，那為什麼不——」

「可是，如果我當時能夠對自己信心少一點點，或許我妻小就不會跟我一起死了。」

怎麼忽然就牽扯到了生前的事情呢？

要知道，冥官生前的事情是很隱私的，隨意過問冥官生前的事很沒禮貌，尤其是他們的死因。我跟宋昱軒認識那麼久，就連他生前的名字都還不知道，上一回還是第一次知道宋昱軒生前有結過婚。

冥官的名字也不能亂給就是了，所以告訴我真名的明廷深是個白痴。

「如果你不想講的話沒有關係。」

「的確不想講。」纏繞在明廷深身周的陰氣搖曳了一下。

啊你這樣子是要我怎麼繼續諮商下去啊？打也不是罵也不是，人都已經陷入回憶了，而且陰氣的強度也在慢慢上升……

我家的電器可承受不起這等程度的陰氣啊！但眼下應該無法避免損壞了，我不完成這個諮商，是對得起我全家電器的犧牲嗎？

「如果你想分享的話，也是可以的。」心一橫，我用戴著烘焙手套的手輕輕放在明廷深緊握著的拳頭上，柔聲地說，「雖然不多，但我還是有聽過一些冥官分享過他們生前的事情。」但是冥官說出生前的事情時，通常都會伴隨強烈的亂流和暴漲的陰氣。願意說出來的那幾個我都是在冥府的諮商小屋執行，更何況還有宋昱軒在小屋外待命隨時進來救援。在人界做這種事情還是第一次。

他眼神迷茫地開口，「我之前只是一個普通的鐵匠……」

「深仁，午飯快好了，歇會兒吧！」

「我把手上的忙完就過去。」

「忙完飯都要涼了。」賢慧的娘子一臉擔憂地催促道。「你最近的工作量也太大了。每日都看你在鑄造爐邊磨啊錘啊，就連夜晚也絲毫不休息片刻。」

「不多做一些，怎麼買補的給娘子呢？」這麼說的同時，洪深仁手上的錘子還是奮力地擊向通紅的刀面。「孩子又是冬天出生，不多存點錢，怎麼給孩子請產婆，又怎麼讓孩子溫暖地過冬呢？」

他們夫妻結婚十載，因娘子體質虛寒，甚難懷孕。好不容易求得一子，夫妻倆都樂翻了。不管是男是女，夫妻都已決意要給孩子溫暖的家。

他們對著祖先的牌位祈求，兩人只求同件事：願孩子能平安。

所以當有戶人家要求他在短時間內鑄造多把寶劍和利刃時，他並沒有拒絕。

「這個是訂金。」一大袋碎銀放在殘破的木桌上，裡頭甚至摻著金子的光芒，「刀劍各三十把，越快越好。」

他是附近幾村唯一一個鐵匠，有時近節慶時就會需要多把屠刀宰殺祭神用的牲畜，也因此練就了他鑄造鐵器的效率。這種單子雖然奇怪了一點，時間趕了一點，但是為了妻子和還未出生的孩子，再辛苦他都願意。

所以當衙役踏進他家的時候，他都沒逃，他也不知道需要逃。

「洪深仁！你以謀反之罪被逮捕了！」

身懷六甲的妻子手足無措地抓著衙役的袖子，號哭著，「我家相公就只是一個打鐵的，他什麼也沒做啊！」

「幫叛賊打造兵器，難道不算謀反嗎！」

「大人拜託了，我們什麼都不知道啊！我們就只是個打鐵的——啊！」

那一掌狠狠地朝他娘子的臉揮下。他都可以看見血絲自娘子的嘴角滴落。

他也不知道哪來的勇氣和力量，掙脫了衙役的掌控，拿起了剛鑄造好的大刀。回過神的時候，地上已經死了三個衙役，其他衙役眼見情勢不對，彷彿見著什麼魔鬼般連滾帶爬逃離一個鐵匠的住處。

所以他們逃了。

但是逃不遠就被抓了，還是被當初請託他製劍的人抓的。

「是你把我們供出去的對吧！」

不！他什麼也沒有做，他什麼也沒說。任他怎麼辯解，叛賊還是不相信他的話。在嚴刑拷問以及發洩的情況下，他先是被拔掉了舌頭，雙眼也被挖掉了。

他一個人在無止盡的黑暗中，聽見另一人狠狠毆打委託人的聲音。

「你是白痴嗎！」再來又是一陣拳打腳踢，委託人一聲也不敢吭，任其毆打叫罵，「挖掉眼睛幹什麼！這樣子他就不能用了！以後製劍找誰去！」

「看什麼！」吆喝的聲音這次朝向較遠處，「怎麼，還心繫妳家相公嗎！妳相公現在是個廢物了！」

鐵牢的門發出「喀啷」一聲，就好像人體撞擊在鐵牢上。

「深仁……」

「啊啊……」他沒了舌頭，只能發出無意義的咿呀聲。但聽見娘子的呼喚，他的心比他身上所受到凌虐的傷痕更痛。

「看到了沒有？如果不想落得和他一樣下場，在床上就給我配合一點！」

逃離兩人溫暖的小屋之前，他是這麼跟娘子說的，「我一定會保護妳的。」

對不起娘子，我沒能保護妳……

「對不起，深仁。」當天稍晚，娘子的聲音在耳邊響起，「願我們來世再做夫妻。」娘子道別般的額前一吻，然後是前胸貫穿至後背的劇痛。

「成為冥官之後，我找了娘子的紀錄。娘子在我死亡之後就自刎而死了。因為是自殺，所以還是發派入地獄服刑了，而我則成了冥官……」說到這裡，明廷深搔了搔頭，「仔細想想，這好像跟我有沒有自信沒什麼關聯……」

「幹！你也知道這沒有關聯！雖然是一個很悲傷的故事，但是你知道我從頭到尾幾乎都在聽你放閃嗎！」我又一次狠狠地用戴著烘焙手套的手巴了下去。「但是，我大概能理解你為什麼對自己沒有自信了。」

他的心結主要源自於沒能保護自己妻子的痛。看似沒什麼關聯，但是他當時誇下海口，卻無法達成兩人之間的承諾，這個事件讓他對自己的能力一直有所懷疑。

或許當時，他真的深信自己能夠保住自己的妻子吧？

所以鬼宅任務並沒有辦法讓他走出這個心結，因為從一開始方向就錯了。

我從櫃子裡拿出一張冥紙和一枝毛筆，交給明廷深。明廷深不解地看著我，滿臉困惑。

「召喚你的法術會吧？應該不需要我叫昱軒上來教你吧？」

明廷深接過毛筆，用沒有蘸墨的毛筆在冥紙上勾勒出工整的「洪深仁」三個紅字。他將冥紙折起，放在手中輕輕吹氣，便成了一把鐵鎚的樣式。

「這個我會交給需要你的人。」我把紙鐵鎚放入紅包內封起，一邊喃喃道。「是說，我原本還以為你生前是讀書的，想說你整個人流露出一股書生氣息……」

「冥官現在跟以前會差蠻多的，這並不少見。」明廷深解釋道，「曾經聽聞其他前輩討論，昱軒前輩現在跟以前幾乎是兩個不同的人。我已經算還好了。」

宋昱軒現在的話，就是個標準的武官吧？雖然現在兼差在當我的小助理，但是有時看他的背影，就像武俠小說裡的劍士一樣，有種威風凜凜，不怒而威的感覺。

有時真的會好奇冥官的生前。可是好奇他們的生前代價有點大。所以我通常不多加追問。

明廷深不好意思地環顧周遭，「是說，簡小姐，妳的住處……」

「帳單我會燒下去，現在給我離開。」

或許有點不好意思，也或許知道自己不宜久待，不等我多說些什麼，明廷深已經在一明一滅的燈光下消失了。

雖然他走了之後，我頭頂的日光燈還是閃閃惹人煩就是了。趁著還沒昏過去之前，趕快補個心理諮商紀錄吧……

「叩叩叩叩！」

外頭忽然響起急促的敲門聲。我撐起身子，帶著蹣跚的腳步走到門前從門上的貓眼望出去，外頭站著的是意料之外的人。我打開門——

「蒼藍，你怎麼在——」

「剛剛裡面的是誰！」還穿著高中制服的蒼藍打斷我的話，急切地問。「是宋昱軒嗎？」

「不是，是另一個冥官。」

「另一個？」接收到訊息的蒼藍驚疑不定，但還是先對我要求，「我不想破壞妳住處的禁制，妳到底要不要邀請我進去？」

蒼藍的意思其實是他有能力直接闖進來，只是體諒破壞了禁制，我就得麻煩某些人特地跑上來幫我修。

「魏蒼藍，請進。」我說。蒼藍急忙踏進玄關，將幾近昏厥倒地的我抓著，不讓我整個人和地板來個親密接觸。

「佳芬姊！妳太亂來了！如果我沒有過來查看的話，妳怎麼辦！」蒼藍一邊大聲嚷嚷，一邊用法術把我放到沙發上，「被這麼濃烈的陰氣包圍，對人體的影響很大妳知道嗎！」

「我可是每個禮拜都在觀落陰啊，才那麼一點陰氣……」我現在才發現我的聲音有多麼虛弱。

「這哪叫一點！」

也是啦，整個住處都被明廷深說生前故事時散發的狂亂氣流破壞了，家裡所有的電器全都不保了，就連我的牆壁都有一些爪子般的刮痕。

如此強大的能耐，連蒼藍都特地跑過來了……這種傢伙到底是對自己的實力沒信心三小啊！

「我只是在諮商……」

「妳不要再說話了。」蒼藍在我的額頭上輕輕描了一個符，在最後一筆落下之後，我能感覺到那個圖案深入到我的體內，溫暖的力量充斥在身體各處，將多餘的陰氣逼出。

「咳、咳！」

哇靠，竟然還吐血了！

「只是諮商會搞成這個樣子？」蒼藍指著宛若颱風過境的客廳，他肥胖的手臂一揮，我的客廳就恢復成諮商前的模樣。

可惡，這樣子帳單就燒不下去了。

「你煩不煩啊！小朋友就給我乖乖回去學校上課！翹課不怕被抓到嗎？」我勉強轉頭看了看我的客廳，抱著微弱希望地問，「我家的電器還好嗎？」

我不想全換一次啊！

「妳先問問妳的身體好不好吧！」蒼藍沒好氣地說。「妳剛剛是真的快被拉過去了妳知道嗎！」

「哎呀，黑白無常來拉我的時候會很溫柔的啦……」那兩個還是熟客呢！

「我真的已經不知道該嘴妳什麼了……」就算從我這個角度只看得到蒼藍的雙下巴，但還是不難想到他的白眼已經翻到天邊去了。

「那你就別嘴啊！」

或許是已經對我徹底無言了，蒼藍不再說話，而是逕自在幫我善後。

剛剛不是修完了嗎？我還來不及看蒼藍到底在幹什麼，就沉沉地睡去。

幸好我的諮商紀錄有寫完……

明廷深

初步診斷：極度缺乏自信心合併腦袋少根筋。

治療評估：「解決艱難任務」療程失敗。

處置：「保護弱小」性質的任務或許有可能解開心結。保護對象請助理昱軒物色。續觀。

我悠然醒轉的時候，是在一個全然陌生的環境。

「醒來了嗎？」溫潤如玉的聲音說，但是他說話的同時我也感受到一股寒意。這個寒意並不陌生，還很熟悉。

「昱軒？」

「小聲一點。」宋昱軒自己的聲音可一點都不小聲，「妳在青年旅館裡面，十六人房，男女混宿。」

「為什麼我……」

「可能蒼藍覺得妳需要待在陽氣濃厚的地方吧？」提到蒼藍的名字的時候，宋昱軒還是很不高興，臉就好像踩到大便一樣的反感。

「為什麼你們那麼不喜歡蒼藍啊？」可能腦袋還有點不清醒，我竟然脫口而出平常不會過問的問題。

宋昱軒沒有回答，而是輕輕撥動我腳邊的背包，「妳的錢包、手機和盥洗用品。」

是是是。我很快地梳洗完之後，就離開了青年旅館。

手機翻開來的時候差點沒被嚇死。

今天是星期四晚上。

我明明記得我睡著前是星期二啊！我竟然昏睡了一天一夜！我是豬嗎！

「明廷深對妳很抱歉，他沒想過陰氣對妳的影響那麼大。」宋昱軒現在穿著的是行刑人

的袍子。為了避免給人類帶來後遺症，他很巧妙地閃躲每一個沒看到他的人類。

「我自己也很意外陰氣對我有那麼大的影響好不好！我每個禮拜都在觀落陰耶！」我小聲地試探，「閻羅應該沒氣炸吧？」

「托妳的福，廷深被降回行刑人了，應該好一陣子都不用想升官了。」

看來是真的氣炸了啊……這樣子我反倒對那個白痴冥官也有點愧疚。冥官所謂的「好一陣子」，大概是一百年起跳吧？

「另外，蒼藍有幫妳請兩天的假了，但我覺得——」

「等等，蒼藍怎麼幫我請假的？理由是什麼？假別呢？」

宋昱軒直接忽略我的問題，繼續說了下去，「——但我覺得蒼藍不大會算妳的班表，所以妳等等有大夜班。」

不就幸好我有醒來！還趕得上上班！無故翹班對以後的考核影響很大啊！我還想加薪的啊！

「啊我等等要去上班，你不先回去嗎？」

宋昱軒毫不掩飾翻到天花板的白眼，「妳身體這樣子，不需要閻羅交代我看著，我自己都會過來陪妳一個晚上！」

「我等等要去上班耶！那裡的電子設備超多，而且每一台都超他媽的貴！」

「不然妳再多請一天的假，在家休息。我就會回去。」

這時，我的手機響起。電話螢幕顯示是醫院打來的，不接不行，所以我按下了通話鍵。

「佳芬，妳今天會過來吧？人手有點不夠，我在確認人力……」

「我真的沒事。你跟蒼藍都操心太多了。」

「我上頭的命令，妳大可自己去跟他喬。」

「那我現在會很忙，沒空理你，你自己看著辦。注意所有的電子儀器。」

真是的……雖然昏睡了一天一夜我自己也嚇了一跳，但是真的不需要排一個冥官在我旁邊全程監督我啊！我昏倒的話我的同事自然會救，還會照著所有的標準程序，從掛號到處置乃至喬病房通通弄到好——

「小姐，第七床的點滴沒了。」

「好，我知道了。」我一邊回應隔壁床的病人，一邊拿著針筒走向現在這一床，「來，現在要打止痛藥喔！會有一點痛。深吸氣……好了！」

或許因為不想被其他人類穿過的關係，宋昱軒剛剛坐著的地方就是我的工作車上。在此，我真的要佩服我「無視」的能力。舉凡拿針筒、處理剛抽下來的血，被逼得「穿過」宋昱軒的時候，我可是連眼皮也沒多動一下。宋昱軒對我穿過他的身體也沒有任何意見，應該也不敢有任何意見。

誰叫他要一直盯著我？我明明就在急診室上班啊！

沒錯，我這個業餘的冥府心理諮商師，正職是某間小醫院的急診護理師。

要知道，我是有陰陽眼的人，不只認識一堆超自然的冥官，更認識了一個超乎所有科學理論的蒼藍。成長在這種環境下的我，能把三類組再加上四年的護理系念完，更乖乖地遵循本科的召喚還沒發瘋，也是很厲害。

不然你看看現在，我正透過宋昱軒的身體，看著工作車上的電腦，確認下一個給藥的病人名字。宋昱軒還很體貼地把自己的形體收斂成半透明，讓我能夠看到他身後的螢幕。

……

「你給我站到別的地方去！」

靠，到底為什麼要黏那麼緊啊！被我這麼一趕，宋昱軒心不甘情不願地跳下我的工作車，飄到天花板上的小角落，因為只有那邊沒有電線經過。

「佳芬，妳在跟誰講話？」

「小魚，妳聽錯了吧？」我很自然地回應著，當然手上的作業完全沒有停下過，「我沒有說話啊。」

「是喔？」被急診室的大家稱為「小魚」的江欣瑜比我資深至少十屆，但是有時候認識久了自然就會忘記要喊學姊。尤其當這個學姊很少女心的時候。

「妳是不是念念不忘妳的男朋友啊？」小魚一手放在我的耳邊，悄聲地說。「快透露一點消息給學姊嘛！工作壓力這麼大，總是要有個調劑身心的八卦來活絡氣氛啊！」

小魚說到這裡，我的白眼已經翻到天花板去了，順道瞪了只露出半截身體的宋昱軒。

媽的，都是你害的啦！這一眼一定比剛剛那一句還要有殺氣，因為我們的緋聞男主角眼中正透著最深的抱歉，整個身體都縮進天花板裡面了。

還敢躲！你躲起來就得了，你知道我需要「應付」嗎！不管怎麼樣，小魚也不可能看見在天花板的宋昱軒，我也只好沒好氣地應對，「明明就只是剛好遇到的朋友，到底妳們是在興奮什麼啦！」

「宣稱『會交往都是傻子、這輩子絕對不嫁』的簡佳芬竟然有男性朋友，這難道不讓人好奇嗎？」

「我又不是生在尼姑庵，有幾個男性朋友是有很奇怪嗎？」我國小到大學班上都有男生啊！我又不是女校出來的。雖然說我們系上女生很多，但是男生也還是有那麼幾個。

我有男性朋友真的有需要那麼大驚小怪嗎！重點是，妳們關心的那位還不是人！這幾個禮拜真的被這群女人煩死了，到底什麼時候才會消停啊！

幸好這時有病人被送了進來，才得以停止這段對話。

「隔離室有人嗎？」

「沒有。」小魚頭也不回地回應。志工從門口推進來一張床，床上的女子十分躁動，就算被約束帶約束著還是不斷掙扎。

「我沒有瘋！我真的沒有瘋！爸、媽！不要這樣對我！」

女生——說是女孩都不為過——歇斯底里地大喊，但是志工已經把床推進隔離室，放任女孩在裡頭不斷哀求，求她的父母相信她。在隔離室之外的媽媽更是於心不忍，別過頭偷偷地掉眼淚。

每台工作車上都有配備電腦。我點開病歷，裡頭的女孩只有十六歲，之前就有在精神科就醫過的紀錄。當時精神科醫師下的診斷是思覺失調症。

「你在哪裡！快出來！是你害我的，都是你害我變成這個樣子的！」女孩不斷地掙扎，一直對著無人的空氣大吼大叫，情緒十分不穩定。

「才十六歲啊……」小魚支著下巴含糊地說。精神病患被送進急診室並不少見，所以或多或少都對這種案例感到熟悉，「妳有沒有覺得最近的精神科病人年齡都偏小啊……佳芬？」

小魚後面的話我並沒有仔細聽，因為我已經走進隔離室，並輕輕帶上房門。

有一點古怪……趁著藥還沒領回來，姑且來聽聽她的故事好了。反正今天昱軒在，要確認是不是可憐的同胞很快。

雖然我沒有看到任何被鬼纏住的跡象就是了。

我露出友善的笑容，「妹妹，妳叫什麼名字？」

妹妹抬頭看著我，她的頭髮蓬亂，可能進來之前有煩躁地弄亂頭髮過，眼睛除了委屈的淚水，還有滿滿的恐懼，眼白的血絲已經不能分辨到底是哭出來的，還是過度疲憊造成的。

「書涵，廖書涵。」妹妹的聲音還帶著哽咽，但我也只是例行性地確認名字，真正要做的事情在後面。

「昱軒，聽到就過來一下。」我壓低聲音說，也不知道說那麼小聲宋昱軒會不會聽見。

「宋昱軒」並不是他的真名，無法達到「招魂」的作用。一般的遊魂只要喚上真名，就會乖乖地聽從我的指示，但也只是一些基本的動作，稍微有點力量的鬼就能抗拒我這種沒有任何力量的喚名。

所幸，宋昱軒雖然不在視線範圍，但是他還是能聽見我在叫他。一個人影從天花板穿出，輕盈地落在我的身後，一點聲音也未發出。

小妹妹看到宋昱軒當下嚇得大聲尖叫。雖然有點刺耳，但是現在監視器在錄影，而且畫面就在護理站裡面所有人都看得見的地方，就連隔離室的簾子也沒有拉上，這才保障了我的清白。

「佳芬，這一床是妳的嗎？」負責這一床的同事聽到尖叫聲後探頭進來，跟我確認。我

馬上搖了搖頭，「不是喔！只是看妹妹好熟悉，進來確認一下是不是老家鄰居的小孩。」

她也沒有多問，轉頭繼續詢問家長一些妹妹的基本資料。

捨不得放著不管，只好冒著被身邊的人當成怪人的風險，幫妹妹釐清她的狀況。

妹妹根本不是精神科相關疾病，而是剛好「看得見」。陰陽眼是個奇妙的東西，有些人像我一樣出生就有，有些人青春期甚至成年後才出現，也有些人是經歷生死關頭之後才發展出這個能力。我去精神科病房實習的時候，也遇到過一兩個被鬼魂搞得腦袋很混亂的同胞。

沒辦法，有陰陽眼又有腦袋的人為了自己的心臟著想，大概都不會走三類組，更不會在醫院工作，所以偶爾還是會有誤診。當然，我發現這一件事之後，有拜託冥官幫我巡視一遍全台的精神科病房，能幫多少就幫多少。

「妳看得到他，對吧？」我抱胸的手幾不可見地指向宋昱軒的方向，「妳可以跟我說說妳都看到了些什麼嗎？是誰在跟妳講話？他會幫妳解決。」

宋昱軒示意般地點了點頭。妹妹還有些驚疑不定，怯怯地問道，「他是……？」

「他是鬼，而且長得很帥。」我試著開玩笑讓書涵妹妹放鬆一些，「我也『看得見』。妳就說吧，我們會幫妳想辦法的。」

妹妹這時才稍稍冷靜下來，喉頭發出的聲音有些顫抖，「就是……從一年前開始，我就斷斷續續感覺到有人在我身後，還有一些說話的聲音。起先只是一些關心的話語，『早點睡』、『錢包記得帶』、『不要躺著滑手機』之類的——」

聽起來就像媽媽在對小孩嘮叨的感覺？我不予置評，讓妹妹繼續說下去。

「可是到最後說話的聲音就越來越清楚，而且也越來越煩。如果我讀書讀累了趴在桌上，還會把我驚醒，然後說話的聲音就會逼著我繼續讀書……」

妹妹說到這邊，我忍不住往她父母的方向看了一眼。父母都還健在啊……莫非是祖先？我們的世界除了怪獸家長之外要進階到怪獸祖先了嗎？

「那麼今天為什麼爸媽帶妳到急診呢？」書涵妹妹的爸爸見我在看他，馬上移開原本放在我身上的視線，但是我知道他並沒有惡意，只是單純地關心和女兒聊天的人。

「因為今天，我買了珍珠奶茶回房間喝……慶祝我小考拿了滿分。我平常很少喝飲料，我爸媽也不會管。可是那個聲音就生氣了，一直罵一直罵，罵我怎麼都不顧健康，好好的身體被我用得全身是病，老了會有報應……之類的。然後我櫃子上的擺飾就全部自己摔到了地上，我很生氣，就拿陶瓷娃娃要往她身上砸，結果陶瓷娃娃在我手中就爆炸了，噴飛的碎片割到了我的手腕……」

所以是被當成有自傷嫌疑了吧？我望著手腕上被救護技術員緊急包紮的手腕，可能傷口真的很大，白色的紗布已經透著鮮血。

……是說這隻鬼你控制慾也太強了吧！又不是你家女兒，何苦這麼生氣呢？但是聽起來

這鬼的自我意識很足夠，是怨魂的可能性比較低。遊魂的話……一般而言找不到路的遊魂也不會這般騷擾活人啊？

「說來，我有一次在鏡子不小心瞄到了『她』。」廖書涵又補充道，「她是女生，可是穿了一身跟……旁邊這一位很像的古裝……」

聽到這個敘述，我瞪大了眼睛。此時，整個急診室的照明「啪」的一聲沒了，就連緊急出口指示燈的綠光都不可見。隔離室內我看見了左後方，宋昱軒身上的螢光綠光暈……我右後方也有另外一團發出淺淺螢光綠的身影，還有白晃晃的劍影。

宋昱軒直接穿過了我的身體，把另一團身影撲倒在地上。定睛一看，是一名女性行刑人。

「備用電源呢！喂，這裡是急診室。我們停電了——」

「我出去幫忙。」我反射性地把員工證往門禁系統一刷，卻發現沒有發出熟悉的嗶嗶聲……

幹，我被困在隔離室裡面了！

「你們要打架給我出去外面打！我的病人有一些沒電是會死的！」我對著已經拔出配劍的兩位冥官大吼。其實在我破口大罵之前，宋昱軒就已經努力把女行刑人往牆壁的方向逼，只見女行刑人胸口露出破綻，宋昱軒側身一踢，女行刑人就跌進牆壁消失在視界之中。宋昱軒的攻擊並沒有就此打住，腳下一蹬也跟著追出了隔離室。

兩個冥官離開之後，急診室恢復了照明，斷電到恢復電源前後不超過十秒鐘。幸好許多設備都有電池可以稍微撐一下，不然後果真的不堪設想。

「幹……明天絕對上報紙……」一個住院醫師哀怨地喊道。「這到底是在衰哪一點啊！」

我對不起急診室的所有人。我在心中默念著。但我絕對不會承認這場停電跟我有關係。……啊靠我哪裡知道纏住的是冥官啊！鬼跟電器相性不合就算了，冥官的破壞力又比一般的孤魂野鬼強上好幾倍啊！

所有的護理師都忙著確認病人的情況，我也不例外。所以我又回到了工作車前……

「佳芬，」小魚湊了過來，神秘兮兮地問，「斷電前妳在隔離室不是嗎？」

「對啊，怎麼了嗎？」

「妳有沒有感覺到什麼東西，或者看到什麼東西？」

我心下一驚，但還是立馬恢復鎮定，回以不解的表情，「沒有啊？為什麼妳這樣問？」

小魚指著秀出隔離室的電腦螢幕，「斷電前一秒，我在看妳在隔離室裡面幹什麼。結果我看到有兩團模糊發綠光的人影站在妳身後！」她擔心地看著我，「妳真的沒事吧？」

「小魚，我們是讀三類的。妳也知道世界上沒有那麼不科學的東西好不好。」

「佳芬，做我們這一行的，不能太鐵齒啊！」小魚由衷地勸誡道。「太鐵齒會踢到鐵板的！如果妳有需要收驚的話，我可以介紹。很靈的喔！」

哈哈，完全不需要。先不論我身後兩隻鬼其中一個是熟識，我要收驚我自然會先去找蒼藍，他絕對靈！

不出半小時，宋昱軒回來了。這回他什麼也沒說，就躲到了天花板待著。直到我下班的時候，才又自動自發地跟上。

「雖然現在是早上八點，但是太陽光對你應該不好受吧？」我儘量走在陰影底下，並留了一條路給宋昱軒。

「這一點還好，沒事的。」冥官搖了搖頭，也沒多說些什麼。但我注意到他的袍子上還是多了幾道口子……

「昨天晚上那個冥官，下次下去的時候我要見她。」

「她目前在受刑，應該會有點……」

「哎呀，你們的樣子我看多了啦！就讓我開導開導，連她這麼做的原因都沒搞懂就直接懲罰，這樣子以後她還是會犯啊——昱軒？」

宋昱軒停下了腳步，正用很可怕的眼神瞪著後面巷子的暗處。

「怎麼了嗎？」

宋昱軒收回了令人壓迫的感覺，與我說話的時候又是我熟悉的老朋友，「沒事，有幾隻自不量力的遊魂正盯著妳。」

「只是遊魂需要威壓全開嗎？」

「嚇嚇他們，免得又纏上妳。要知道，妳被遊魂纏上的話，閻羅王就會在妳身邊加派護衛……」

「對不起我錯了，請嚇走他們，謝謝。」我可不想要一直被鬼跟著啊！就算是冥官也不想！

一般而言，觀落陰是由法師在一旁指引著出體的魂魄，到陰曹地府旅遊，成功率據說是七分之一。

身為冥府唯一的心理諮商師，我的「觀落陰」是直接閉上眼睛，然後被冥官用捉拿鬼魂的繩子套住，一拉一扯後，我的靈魂就和軀殼分開了。

冥官的邏輯跟我們人類完全不一樣。第一次在閻羅的邀請下觀落陰時，我還傻傻地問我回得來嗎？我真的什麼都不用準備嗎？啊別人還要弄香弄神壇還要眼睛遮紅布，我是都不需要嗎？

「準備好了嗎？」每次帶我下去的一樣是行刑人兼我的小助理宋昱軒。他已經把繩子在

我身上捆好了。

「可以了。」安穩躺在床上的我，抱緊蒼藍加持過的抱枕，閉上眼睛。我感覺到繩子收緊，再加上一個拉力，瞬間整個頭好像要爆炸了一般，心跳加快，肺部掙扎著要吸入更多空氣——但是這些不舒服的感覺很快就消退了。

我看著半透明的自己，再看著在床上的「我」。

我好像得解釋一下抱枕。當蒼藍知道我有觀落陰去冥界做心理諮商這件事之後，他把宋昱軒帶去一旁罵了一頓（或許兩人還打了一場，因為回來的時候兩人身上都有傷，但是宋昱軒傷得比較嚴重，可是行刑人的黑色袍子實在很難看出個所以然），然後就送了一個抱枕給我，說是在我身體沒有靈魂的期間，可以稍微保護我的軀殼。

我的軀殼正平穩地呼吸，看起來就像睡著了。

宋昱軒此時又拿出另一條繩子套在我的手腕上，再解開捆在我身上的麻繩，不然每次我觀落陰都像被抓下去的怨魂。

「老樣子，不——」

「是是，不要解開手腕上的繩子。」我忍不住翻了個白眼，「你最近真的越來越嘮叨耶！」

「這個不講不行，妳也知道解開了妳就回不來了吧？」

「我很清楚。」

宋昱軒再一次拉扯繩子，眼前迅速被一團迷霧遮蔽，迷霧之後隱約能見到一些黑色和紅色的光點。當迷霧散去時，我人……魂魄已經在冥府的奈何橋上。周圍有不少靈魂正被橋上的孟婆勸說著灌下孟婆湯，這些孟婆見著我和宋昱軒，都會親切地寒暄。

「簡小姐晚安！」

「簡小姐今天怎麼會經過這裡呢？該不會又被殿主請去喝酒了吧？」

「她今天不是來諮商小屋的，還請各位孟婆姊姊讓一讓……」

宋昱軒拉著我手腕上的繩子，小心翼翼地避開孟婆和靈魂，往一個我從沒去過的方向前進。因為清慕希之前有傷害我的意圖，所以宋昱軒不敢直接把她帶來人界，也不敢把她帶來我在冥府的諮商小屋，而是把我帶去了冥府牢獄與她慢慢談。

清慕希就是纏上書涵妹妹的那名女行刑人的名字。與其說跟她慢慢談，不如說我要來跟她慢慢耗，看她到底願不願意說出自己的動機。根據宋昱軒目前打聽來的消息，那名女冥官什麼也不願意說，只是一味求著刑求她的同仁放她回人界。

「到了。」宋昱軒跟冥府牢獄門外的守衛打聲招呼後，守衛就放我們進去了。冥府牢獄外觀看起來就跟其他冥府建築一樣，沒太大的差別，平常路過說不定我會以為是某家的辦公室或倉庫。到了裡面才發現這裡的色調比冥府的其他建築還要黑暗許多，也安靜許多。充當欄杆的木頭隱隱透著濃烈的陰氣，但這些陰氣並沒有透著惡意，應該不會是更恐怖的東西。

「這裡的欄杆都有被施法過，以防冥官用法術逃脫。」走在前方帶路的宋昰軒淡淡地說明。

我好奇地環顧四周，「我來冥府諮商了五年，還是第一次知道有冥府牢獄。」

「我們也很少有冥官被關進來，平常更是連守衛都不會有。」

的確……但也不免好奇為什麼一開始要設立冥府牢獄，而且牢房的數目還不少。

「冥官很少犯錯，即使犯錯通常也由上級自己懲處。但是清慕希這次騷擾，還有意傷害人類，是大忌，得由殿主親審。」

宋昰軒轉過頭來，表情比其他時候還要認真，「我們跟遊魂、怨魂的差別只在於我們保有自我的意識。」

冥官、遊魂、怨魂都是鬼。

那麼保有自我意識的冥官傷害人類的時候，就是有意的，比無法控制自我的怨魂更加惡劣、罪加一等。

但我卻覺得宋昰軒說出這句話的時候，還帶著淡淡的哀傷。

「……那你上次跟蒼藍打架怎麼說？」

「……自衛不算。」

代表那次是蒼藍先攻擊你的對吧！

「這裡。」

不需要宋昱軒提醒，我也知道到了。牢房裡的一角，清慕希不安地抱著膝蓋，察覺到生人的氣息才抬起頭。

「我沒有請求心理諮商的服務。」她冷冷地說，然後又把臉埋在膝蓋之間。

「妳就當強迫中獎吧！」我說，然後輕敲了一下欄杆，「開門。我要進去。」

「她上次差點傷了妳！」身為把我救下來的恩人，當然不樂見我再往危險人物身邊靠。

「但我沒有受傷不是嗎？」

諮商最講求的是信任關係。如果我站在欄杆之外，那麼所有的諮商一切都免談了。要先相信個案，才能讓個案相信我。

宋昱軒雖然還是不太想讓我進去，但是我的態度還算強硬，他也只能拿了鑰匙，幫我開門。

我讓宋昱軒待在視線之外，反正繫著魂魄的繩子另一端在他的手上，我覺得不行的時候自然會拉動繩子叫他。

「慕希，」我坐在女冥官的身邊，就像朋友在聊天一樣，「妳可以跟我分享一下書涵妹妹是個怎麼樣的人嗎？」

「書涵她……」前幾天清慕希應該都被刑求，強迫她說出騷擾人類的原因。所以我不能

再從這邊切入，先從她感興趣、或者樂於分享的部分下手。

「書涵是一個很普通的女孩。家境小康，父親是上班族，母親是家庭主婦。」

清慕希還處在一個不想講太多的狀態，我只好繼續嘗試，「書涵應該很聰明吧？我那天才聽到她在小考拿了滿分呢！」

女行刑人驕傲地笑了，就像自己的女兒拿了滿分一樣，是為人父母的自豪。但那分明不是她的女兒。

「看妳的表情，妳似乎很滿意呢！妳有幫助她吧？」雖然只是一句簡單的問題，但至少是一個好的開始。清慕希一開始並沒有回答，我就自己喃喃道，「像我，我有時都覺得我的運氣好到有冥官在幫我做籤──」

「我沒有！書涵那麼聰明，根本不需要我從中作祟！」

清慕希的氣場搖曳了一下，我手腕上的繩子也微微收緊。

「妳的幫忙是比較正規的方法吧？我聽書涵說，妳常常陪她讀書。」

陪她讀書算是輕描淡寫了！我聽書涵妹妹的說法，那根本就是在「逼迫」她溫書。

「她很聰明，只是很懶惰。只要稍微努力一點，她一定都會考到很好的成績。」

「是嗎？」我順著她的話說下去，「她現在是高中，也是應該努力一點，不然以後大學考不好，日後會過得很辛苦。就像我，我考大學的時候就是倒了個自然，所以不能考上更好的科系——」

清慕希對我狂點頭，非常認同我的說法。

「——但同時，我也很開心。我對現在的工作很滿意。」我看著女行刑人，冥官受刑的傷口深得見骨，肉都少掉了好幾塊，乍看之下我真的有衝動叫昱軒找來幾捲紗布把人包成木乃伊。但是冥官的傷口並不會流血，就好像你在手術台上會看到的那種，好幾個開口，卻沒有鮮血湧出。

「我喜歡接觸人、幫助人。所以高中的時候我就決定，我不是當醫生就是當護理師。我爸媽看到我的志願表的時候都抓狂了，因為一般三類組考生在醫學和護理中間會填的藥學、物理治療、職能治療等等我全部沒有填。那時候我爸媽的表情堪稱一絕啊！尤其當我的成績出爐，那個分數可以穩穩地錄取物理治療學系，我爸媽更是哭了好久。」

其他科系是也能幫助人沒錯啦！但那種幫助的性質就是不合我的胃口。

女行刑人已經愣住了，對我投以不理解的眼神，就好像周遭的許多人不能夠理解我那一份志願表一樣，就好像爸媽總不理解為什麼我會三天兩頭往城隍廟跑一樣。

「我爸媽從來不理解我，他們也從來不願意承認我看得見『你們』這一件事。所以我們很久沒聯絡了。」

父母的近況都是弟弟在轉達，我賺的薪水還是有乖乖地匯一部分回家，但也就僅此而

已。

「但我現在很開心。」過著急診護理師兼冥府心理諮商師的日子，雖然很爆肝，不時還會遇上生命危險，但我真的很開心。

我對著清慕希溫柔一笑，「或許，妳可以觀察一下書涵她到底想要些什麼。」

女行刑人沉默了一會兒，倔強地說，「可是，我是為了她好啊！」

就算我說出我的故事，清慕希還是想要站穩自己的立場。

「佳芬，今天不准出門。以後也都不可以自己一個人出門。」

「為什麼！」那一天晚上我約了冥官一起談心。

「妳以為我不知道妳每天晚上都去哪裡嗎！」對面的中年女性咆哮著，「鄰居已經開始說閒話了，說常常看見妳坐在城隍廟後面的石桌自己一個人講話！這種話傳出去妳的名聲還能聽嗎？」

「妳就跟他們說我有陰陽眼啊！」

「世界上沒有鬼！妳知道妳一直這樣子，做媽媽的我覺得很傷心嗎！」

中年女子在我面前流下了眼淚，「為什麼妳就一定要去找他們呢？做個普通人不好嗎？跟其他朋友一起玩捉迷藏不好嗎？」

但是，媽，妳知道嗎？我在學校被排擠了，鄰居的小孩也都離我遠遠的。因為妳在我小時候帶我到處看醫生、看兒童心理專家，還去廟宇巡禮要符水和護身符，裡面他媽的有人大嘴巴說了出來！現在所有人都在背後用憐憫和帶有偏見的眼神看著我。不是可憐我是個神經病，就是對我這個神經病很有意見。

除了冥官以外，我沒有朋友。

「妳又不是她，妳怎麼知道妳所做的一切真的是對她好呢？」我說。「在妳的介入之後，書涵真的有比較開心嗎？」

「她以後會感謝我這個時候有逼她好好讀書！」

「如果她以後不感謝呢？如果她以後怪妳毀了她的人生呢？」

「……」清慕希張開口，卻發不出任何聲音。她的眼神似乎飄到了遠方，身上的綠光也隱隱地在晃動。

我現在是靈體狀態，所以拍得到冥官的肩膀，「讓她自己選擇吧。她跟妳不一樣，妳是冥官．而她的人生就這麼一次。」

話就只能講到這個分上了。剩下的就只能讓清慕希自己去思考，如果都說到這個分上還不能夠把這種怪獸家長點醒的話，那我就只能叫蒼藍幫我做防冥官的護身符，送給書涵妹妹

了……

就好像我特地選了離家裡很遠的學校和工作地點一樣。

冥府牢獄陷入一片寂靜，但我沒有催她，而是耐心地等待。

最後，清慕希臉上劃過兩行淚水，哽咽地說，

「我、我只是不想她落得跟我一樣平凡——」

不會流血，卻會流淚。冥官著實是一種悲傷的存在。

能說動別的怪獸家長不要對自己的孩子控制欲那麼強，卻說不動自己爸媽的我，在某種意義上也是滿可悲的吧？

「妳跟書涵妹妹都先冷靜一下。雖然我不知道書涵妹妹會不會原諒妳，但是妳如果想要跟她道歉，我可以陪妳去。」

不然我覺得現在的書涵看到清慕希的瞬間就只會放聲尖叫。雖然我一個旁人這樣子介入不大好，但是書涵妹妹「看得見」，如果讓她一直對鬼魂感到恐懼，對她日後的生活會有影響。

……只希望妹妹不要把我當成萬事屋。

留下在牢房懺悔的女行刑人在後頭，我跟宋昱軒走出冥府牢獄。

「妳這次的諮商比我想像的還要溫柔啊！」可能因為反常的諮商過程，宋昱軒忍不住問起。也有可能是因為我平常的做法都是暴力取向，聽不懂我的話的冥官我就一巴掌蓋下去，再聽不懂還會拿掃把和拖把出來。這麼……溫和的諮商反而讓宋昱軒感到不習慣。

「她不適合用那一招。」反正黑臉的部分都已經被其他行刑人扮完了，那我就是白臉的部分了。

「妳好像從頭到尾都沒有問清慕希為什麼別的人不選，偏偏纏上了那個人類女孩。」宋昱軒問。「我沒有清慕希的真名，我無法追溯回去——」

「這個很重要嗎？」我反問道。「我讓她知道自己做錯了，不就夠了嗎？」

聽到這樣的回答，宋昱軒並沒有再追問，可能是在思考為什麼挑選的對象是誰一點也不重要。

心理諮商歸心理諮商，除非有必要，我不會去探聽任何我不需要知道的事情。更何況，剛剛聽起來八成跟清慕希的生前有關，更不是我應該去觸碰的隱私。

我望著腦袋還在認真思索的行刑人，不禁覺得好笑。

「孩子，你還太嫩了啦！」

「……我是南唐出生的耶！妳叫我『孩子』？」

「至少在心理諮商這一塊沒我強。」我突然回過神來，震驚地問身邊的行刑人，「你不

是宋朝人嗎？」

「我出生的時候是南唐，也就是後人所稱的『五代十國』，那個時節很亂——但這根本沒差好不好！」宋昱軒沒好氣地說，但是我根本沒有聽進他的抗議，因為我正笑得很開心。

在不時有受刑魂的慘叫哀號聲從遠方傳來的冥府小道，我的笑聲顯得特別突兀。

對啊，我現在真的很開心。

「對了，閻羅王轉告，等等去他那邊聚一聚。他把酒菜和人都張羅好了，就只剩下妳出席了。」

幹！被逮到了！準備那麼齊全分明就是不允許我拒絕嘛！

算了，偶爾去聊一聊天也好……

清慕希

初步診斷：原因不明的控制狂。

處置：已與個案解釋活人與冥官的差別，個案能接受並反省。找機會安排個案與受害者見面道歉。續觀。

備註：導致控制狂性格的原因可能與個案生前相關，事關冥官隱私，故不過問。

「最近在人世可好？」

「你什麼時候說話那麼做作了？」

「……我借酒懷舊一下不行嗎？」坐在我對面的男子拿起酒就是一乾而盡，「不答嗎？」

「我若不答，大人可要賞民女大板？」既然他都這麼說了，那就配合玩一玩。幸好最近有看古裝劇，還能模仿一點來用。

「賞汝烈酒三罈何如？」

「不要！」我立馬回絕，指向旁邊已經堆成一座山的酒罈，「我們都已經喝那麼多了！你還要我喝？這一座山裡面我沒貢獻七罈也貢獻了五罈啊！」

「妳很久沒過來聊天了，罰個幾罈是應該的。」額頭一抹白色彎月點綴的黑面男子拿起酒罈幫我斟酒，一邊倒一邊說，「而且能夠跟我喝到最後的就只有妳。」

黑面男子這句話一點也不假，因為我身處的這個房間就醉死了一堆冥官。與我同桌的更是冥府十殿殿主和一些與我較熟識的冥官，大夥無一例外都醉成爛泥。

「那是因為我是活人，對你們的酒免疫……不要再幫我倒了！我的肝指數啊——」

「我保證妳不是肝衰竭死亡的放心——也不是其他酒精相關的疾病死掉的！」或許是知道我要說什麼，黑面男子連忙在後面補了一句。

現在努力在灌我酒的正是大名鼎鼎，十殿閻羅的第五殿——閻羅王。人界都說閻羅王長得凶神惡煞，但是認識那麼久，我單純覺得閻羅純粹臉很臭，不笑的時候就跟被倒債三百萬再被仙人跳一樣臭。他笑起來還是挺好看的啊！

再次證明冥官真的是靠臉來選的這一個臆測。

「……你都這麼說了，我是要怎樣拒絕你的敬酒呢？」陶瓷的杯緣輕輕敲在已經舉在我面前有點時間的酒碗，然後一乾而盡。冥府的酒並不如人界的酒，會越喝越苦，稍烈的酒甚至有一種辛辣的感覺。他們的酒喝下去有一種清冽的感覺，散發著淡淡的蜂蜜香，喝多了會有魂魄變輕盈的錯覺。

吃那麼多冥府的食物，應該不會有事……吧？

……要有事也早就有事了，都吃五年了，我還不是每天在急診室輪三班。

「不要再倒了……」我抓了個碟子蓋在我的杯口上，「連你都醉死了，我是要怎樣回人界？我晚點還有聚餐啊……」我舉起手腕上的繩子提醒道。繩子的另一端還綁在宋昱軒的手腕上，只不過此時宋昱軒也是酩酊大醉的其中一人。

「我、我可以帶、帶佳芬——」

「夠了你，喝成這樣子我也不放心被你帶回去人界好不好！」連一句話都講不好的醉鬼要我把靈魂交給他，就算我們交情很好我也不放心好不好！這跟酒駕有什麼兩樣啦！

「那就最後一杯。」閻羅很守信用，就算他現在在興頭上，他說最後一杯就真的會是最後一杯。他舉起近乎滿溢的酒碗，對著我豪爽地說，「敬妳。」

「敬什麼？」我問。可是閻羅的酒碗直接撞了上來，然後瞬間見底。我也沒多加追問，乾了手上這一杯。

反正殿主對我這種說不出原因的敬酒也不是第一次了。身為這群冥官的心理諮商師，就算是無牌，我還是能夠猜出他們在敬什麼。

嘖，一群傲嬌。

閻羅的法力較高，召來一團迷霧之後，我猛地睜開了眼睛，人已經回到了自己的軀殼。我看了一眼床頭櫃上的鬧鐘，立刻翻下了床，草草整理一下儀容抓了背包就衝出家門。

快遲到了啊啊啊！急診部的聚餐可不能遲到啊！

重點是，這場聚餐是要順便幫我們的護理長慶生的啊！雖然阿長是個好人，但是遲到還是會讓人留下不好的觀感啊。而且我們這一行還滿講究時間觀念的，在沒有年資的本錢遲到以前，能準時還是儘量準時吧！

「佳芬來了！」我一進門就看見同事坐在對著門的大長桌，旁邊或坐或站了急診部的同仁，都很熱情地跟我打招呼，育玟學妹還很貼心地幫我保留了一個位子。

我心裡只想滿滿的嘆氣。

為什麼我沒剛好排到這個時段的班，讓我能吃他們帶回去的高級便當就好了呢？

我真的很討厭社交，尤其是跟人類。

小魚把菜單遞到我的眼前，「佳芬，妳來急診部兩年多了，一次聚餐都沒有來過。這次總算逃不掉了吧？」

因為我很不想來啊！所以總會刻意排班到聚餐當天。這次是因為接近月底，其他的日子實在沒辦法讓我調班了，只好硬著頭皮過來。所幸急診部的聚餐沒有太多的官腔和勸酒（雖然我還是嘗試性地喝了兩杯），而我也保持一貫的沉默，只有小魚和育玟學妹會來找我搭話……

直到我坐到了吧台上。

本來嘛，醫院單位吃飯挑個有酒喝的地方是個很正常的事情。有別於一般大眾的認知，醫療人員可一點也不健康。我們急診部又有一堆酒鬼，不挑個燈光美氣氛佳又有酒喝的地方，實在無法滿足那群人……

是說，我好像剛才才從名副其實的酒「鬼」堆中出來的說？

「佳芬，」今天的壽星忽然坐到了我身邊，手上還拿了兩杯彩虹漸層的調酒，她把其中一杯放到我的面前，「妳怎麼一個人坐在這裡呢？有心事嗎？如果有什麼事都可以跟我說喔！」

彩虹漸層啊……這個應該是用什麼色素調出來的，一定不像上回二殿的楚江王喝到一半起了雅致，從一道彩虹中提煉了顏色，讓清酒染上了色彩。這招可是讓現場許多冥官讚嘆不已呢！

「沒事，多謝阿長關心。」我用了最保險的方式回話。

啊我總不能跟她說我在感嘆自己身邊怎麼都是一群酒鬼吧？活的死的都有。

「妳在想什麼嗎？」阿長好像不接受「沒事」的答案，又關心道。

「在想下個月的評鑑。我對評鑑還是有點害怕啊——」因為隨便找的理由太爛有點心虛，我喝起了眼前的彩虹漸層飲料——

含酒精的，但我應該可以應付吧？而且也滿好喝的……我又多嘗了幾口。

「評鑑妳放心啦！身為阿長我能幫你們扛多少是多少！妳只要背好基本題就好了！」

對啊……基本題。聽說樓上十樓護理站就是沒有背好答案被更上頭盯上了，還被迫去上了好幾次的課程……

「評鑑真的很惹人厭啊……」

「誰喜歡評鑑了？」身邊的人對「評鑑」兩個字幾乎是嗤之以鼻，「本意是好的，但是搞出那麼多名堂來，平常工作已經夠忙了還要占用工作以外的時間，前幾天我們這些阿長才

被上頭威脅，評鑑沒過那個單位就要砍人力砍經費——」

「你們被上頭威脅了嗎？」我煩躁地攪著只剩一半的調酒，原本的彩虹顏色混合在一塊，就變成了淺咖啡色的液體，看著更加煩躁了，「哪個上頭啊……不對，你們有無聊到需要學我們這邊玩什麼評鑑嗎？到底是誰把這個玩意帶來給你們的啊？」

身邊的人遲疑了一下，才開口回答道，「……就之前在醫學中心待過的長官啊，他就說評鑑通過了對整個醫院的名聲比較好——」

「嘖，那是對他自己的面子比較好吧！來，快告訴我到底是哪一個上司在整你們——啊靠夭，我又不是萬事屋，幹嘛每次幫你們處理這種瑣碎的雜事啊！我自己也要被評鑑的說，他媽的發明評鑑的人都應該丟進油鍋裡炸一頓！」

聽到有生以來數一數二討厭的事情，一怒之下我一個仰頭把手上的酒乾了。空杯清脆地敲在桌上。

「佳芬？」

「怎麼？我還在想辦法幫你解決雞掰上司的問題。不要像我們家阿長那樣，每次上頭給壓力就扛下來，也不跟我們說，一個人承受。他媽的我們每次看她接電話在那邊低聲下氣都很不好受知道嗎？階級比較高很偉大是不是？」

原本鬧哄哄的周圍忽然變得安靜無聲。不過診間本來就要噪音少一些，我的診間至少能隔絕外頭受刑靈魂的哀號聲。

「佳芬學姊，妳喝醉了。」有個人忽然叫了我的名字，我煩躁地把對方揮開。

「我才沒有醉，你們的酒對我來說又沒有效——」我的視線回到個案身上，指著個案的鼻頭，痞痞地要對方招供……個案是用了什麼法術嗎？怎麼整個屋子天旋地轉的……

「來，不要浪費時間，快告訴我是哪個部門的，我打個電話——我們就來比誰的上司比較大！」我開始四處找著電話，手卻被某隻大手緊緊抓住，使我動彈不得。

忽然的力道讓我一個勁兒地掙扎，對著不知道為什麼穿黑色襯衫還理了個短髮的助理大吼：「宋昱軒，你在幹嘛！」

「佳芬，妳喝醉了。」熟悉的冥官平靜地說，但是溫暖的棕色眼眸卻透著一絲著急，「我不想傷害妳。妳稍微清醒一下——」

「我喝醉？你才喝醉吧？剛剛醉倒在地上的是誰啊！」我不斷扭動，但是冥官的力氣很大，我這種弱女子根本無法從他的掌握中逃脫。

我有點惱怒了，這傢伙最近真的是越來越不乖了！

「昱軒，我說過：『我的地盤，我的規矩。』你現在膽子越來越大了是不是？」

「佳芬，不要再說——」

「幹嘛啦！我是靠嘴巴橫行天下的不是嗎！放開我，快、點、放、開、我！」我用一隻

腳拼命踹宋昱軒，可是宋昱軒是一個人高馬大的冥官，我的小短腿踢不到！而且冥官該死的就是不願意放手！

「媽的你欺負我腳短是不是啊！啊個案還在——」

然後我就斷片了。

「我到底做了什麼……」我扶著痛到幾近要裂開的額頭，不帶任何希望地多問了一句，「蒼藍有幫我清理他們的記憶嗎？」

睜開眼睛的時候已經是第二天的白天了。我看見自己在不知道的情況下躺回自家床上，宋昱軒還在一旁關心著，我就知道大事不妙了。

我喝醉了，而且醉得很徹底，還發了酒瘋。

我不是只喝了兩小杯啤酒加上一杯阿長給我的含酒精飲料而已嗎？阿長給我的那一杯裡面到底加了什麼啊！五十八度的金門高粱嗎！我也醉太快了吧！

宋昱軒答話的表情幾乎就跟哀悼一樣，「蒼藍要我轉告他很抱歉……他那個時候剛好在忙。」

嗚嗚……蒼藍說自己在忙的話，八成就是真的抽不開身的那種忙了。我和冥官可以找到的幫手又只有他……

記憶修正只能在半小時內，超過半小時所做的記憶修正危險性太大，會讓人家變傻子。就算修正的人是幾乎萬能的蒼藍，他也不願意冒這個風險。

「所以我到底做了什麼事？」

「就是把妳的護理長當成個案在心理諮商。」

「像平常的諮商那樣嗎？」

宋昱軒點頭。

「我有進行『物理治療』嗎？」

「應該是沒有。」

我該慶幸我至少、至少沒有對阿長進行「物理治療」嗎？應該沒有……吧？

……我還有臉回去上班嗎！

不對啊！還有更重要的一點……我記憶斷片之後到底做了什麼事啊！諮商的事情我還隱約記得一些片段，那麼那之後呢！我是怎麼回來的？追問了好幾次，宋昱軒都不願意給我答案，還直接在一閃一閃的燈光下消失了！

在我煩惱之餘，時針仍舊一直倒數著，逼得我不得不面對待會兒的上班。

當我出現在護理站準備跟大夜的同仁交班的時候，我一直覺得渾身不自在，感覺就好像每個人都在對我投以奇怪的視線，可是大家又會裝作什麼事也沒有發生過。就連阿長都沒有

特別過來找我詢問昨天的事情。

也許昨天並沒有想像中的那麼糟？成山的工作和病人交班到我手上，我也就暫時把昨天的事情抛到腦後……

「佳芬！」小魚拿著飯盒，一臉神秘地坐到了我對面。護理師吃飯都跟戰爭一樣，不定時吃飯絕對是常態。但是今天，除了護理站留了一個新進菜鳥在顧，其他人幾乎都進來了！

該面對的還是得面對啊……

「怎麼了嗎？」我假裝自己完全不知道發生了什麼事，反正真的問了什麼跟我的「兼職」相關的問題，一律裝傻否認到底就是了！

「妳……有認識什麼高層嗎？」

「咦？」意料之外的問題讓我有點措手不及，我歪了歪頭，用著不解加誠懇的表情回應，「沒有啊？怎麼了嗎？」

「不是……只是妳昨天喝醉酒說了一些事情，害我們都在猜妳該不會有什麼雄厚的背景，只是在這裡隱姓埋名——」

「沒有啦……是說，我昨天喝醉之後到底發生了什麼事？我真的都記不清楚了……」順便來確認一下我昨天到底做了什麼脫序行為好了！

小魚搖了搖頭，長嘆了一口氣，「佳芬，妳以後還是離酒遠一點得好。」

我正有此意。

「雖然被妳說出了我們所有人的心聲，但是……我們畢竟領人家的薪水，怎麼樣也不可能發狠跟上頭槓上。這種東西私下抱怨就夠了，我們還有自己和家庭要養啊！」

我知道，這就是人類和冥官的不一樣。

冥官幾乎不用擔心錢的問題，沒有房貸需要煩惱（他們都是公配的屋子），也沒有老人家或小孩子要養。即使是有領養嬰靈的冥官夫妻，他們的薪水也完全足夠供給孩子的一切所需。衣食住行中，冥官只需要煩惱「衣」的部分，但那是能耗費他們多少薪水？如果需要住好一點，就再自己存錢買屋或擴建。所以冥府的心理諮商很容易也很成功，因為沒有後顧之憂。

再加上他們有一個可以直接跟頂頭上司對嗆還能嗆贏的心理諮商師。

冥府真是一個良心公司啊！我看過他們的福利，真的超級無敵好。我一年的特休只有七天，六日還不一定放得到！他們冥官每天上班八小時，做三休一，特休一年有三十天，還會強制你放掉！

我們活人的勞工福利還不如一群鬼。

一定是因為冥府自己知道剝削勞工的慣老闆死後的下場，所以對待冥官真的只有更好沒有最好。

我幾不可見地點頭，小聲說了一聲，「對不起。」

「不用對不起啦……真的要抱歉的話，下次聚餐把妳的男朋友帶來給我們認識好了！」

「男朋友？」

「別再裝了！」小魚忽然拍了我的肩膀，害我差點把嘴巴裡的食物吐出來。只見育玟學妹掏出手機，叫出一個影片放到我面前。

我看到宋昱軒拉住我的手的畫面——

所以在可視模式之下，冥官是可以在影片上留下身影的嗎！跟冥官混了十幾年，我還是第一次知道這個事實啊！

「佳芬，妳喝醉了。我不想傷害妳。妳稍微清醒一下——」影片開始的時候宋昱軒就已經抓住我的手，被抓住手的我因為酒精的關係滿臉通紅。

我雙眼迷濛，但還是能夠清晰地回話，一邊用盡全身力氣扭動掙扎，「我喝醉？你才喝醉吧？剛剛醉倒在地上的是誰啊！」

影片裡的我在劇烈運動之後有一點喘，雙頰也更加通紅，可是宋昱軒依然不為所動，就只是看著我，因為就如他說的，他不能傷害我，所以也不能把我打昏帶走。

「昱軒，我說過：『我的地盤，我的規矩。』你現在膽子越來越大了是不是？」聽到這裡，我心下一驚。對於還有三分鐘的影片有點擔憂，甚至有點不敢面對我到底透露了多少。

身穿黑色襯衫的宋昱軒語氣多了點著急，「佳芬，不要再說——」他拖著我要離開眾人的視線，鏡頭也跟著宋昱軒的身影移動。想當然耳，醉得不省人事的我不會想要配合。

「幹嘛啦！我是靠嘴巴橫行天下的不是嗎！放開我，快、點、放、開、我！」我就像個不想離開遊樂園的任性小孩又叫又跳，還拉著椅子做最後的掙扎。宋昱軒一臉無奈地看著我，怎料我又開始大吼，「媽的你欺負我腳短是不是啊！啊個案還在——」

聽到關鍵字，我的心臟重重一跳，但是接下來的事情更是讓我的心率失速。

宋昱軒聽到我快說溜嘴了，在我的眼裡，纏繞他身上的黑氣迅速沿著我的手包圍住我。我迷濛的雙眼失焦了，整個人像失去引線的人偶癱軟，為了避免我撞到桌椅，宋昱軒又拉了我一把，所以我最後是倒在他的……懷裡。

我整個臉到脖子滾燙得像發燒四十一度，不用鏡子我都知道自己的臉超級紅。

身邊還有人發出興奮得倒吸一口氣的聲音。最該死的是，影片還有後續！

冥官將我打橫抱起，對著所有的急診部同仁微微頷首，「對不起，佳芬喝醉了。我先帶她回去了。」

宋昱軒和我離開了鏡頭，這回手機沒有跟著我們兩人的身體移動——應該是傻住了。因為三秒後全場響起了衝破天際的尖叫聲，男女皆有。就連影片重播的現在，好幾個護理師學長姊還是難掩興奮的表情。

「學姊，他就是我在百貨公司遇到的那個帥哥對吧！」學妹我恨妳啊！不要再害我了行嗎——

「佳芬，這不是男朋友是什麼啊！」小魚表情超級誇張，整個人變成一個興奮的花痴，還不斷拍桌，「這也太曖了吧！正確時間出現了，然後打暈帶走——」

「他不是我的男朋友！」我強烈否定「男女朋友」這層關係！立馬翻出了宋昱軒上次幫我找的藉口，「他已經結婚了！」

話一出口，原本一室看熱鬧的護理師臉色轉為古怪，就連小魚都遲疑地勸世，「佳芬……妳該不會是……」

「我不是小三！」這個我否認得更快了，「他的老婆已經過世了。」

表情古怪的同仁成了恍然大悟的護理師，然後各自繼續花痴。

「我們真的、真的只是朋友。」

「佳芬，這麼好還這麼帥的男人要好好把握啊！做他的第二春也沒關係啊！」

就真的不是啊！他是冥官啊！

「如果不是男朋友的話，可以介紹給我認識嗎？」

「我也要！」

「……」

誰來救救我……

「佳芬學姊，外面有人找妳！」

聽到這麼一句話我幾乎是感動得哭出來了！再繼續被同事們拷問下去，我都要喚名找明廷深來救我出去了——不！如果我再多找一個（帥）冥官救我，我又要被她們求速配一輪了。

「哪一床啊？」我逃出吃飯的討論室，最先想到的當然是有病人要找我問問題，卻沒料學姊指向了站在急診室一個小角落的少女。她就像隨處可見的高中生，對於急診混亂的環境有些懼怕，只敢把自己縮在牆角，儘量不擋到病患和醫療人員的動線。

但是我完全沒有印象她是誰……那身校服我倒是認得，燙得整齊的深藍色連身裙只有領子和袖口是白色的，再加上那條與制服顏色相襯的髮帶，是附近以嚴謹校風出名的私校——維塔莉絲私立中學的制服。校風如何嚴謹，看看那條髮帶就知道了。只要穿著那一身制服，頭上就只能有那一款髮帶，就算走出校門想換別的款式都不行，單純放髮也不行。反正就是校規跟字典一樣厚的私立中學。

至於，我會那麼了解這間中學的最重要原因，是因為蒼藍也讀那一間學校。

「她是誰啊？」我小心地打聽，除了蒼藍，我沒有認識任何一個那間學校出來的學生啊！總不會跟冥官之前一樣，是蒼藍又惹事了拜託我去教訓他的吧？

「不知道，但是她指定要找你。」學妹一個聳肩就把頭埋回去電腦裡打護理紀錄了。學妹應該是真的什麼都不知道，我也只好摸了摸鼻子移動去女高中生那邊。

「那個……妳好……」女高中生很有禮貌地向我打招呼。她抬起頭的時候，我留意到了名牌上的名字：廖書涵。

看到這個名字我就回想起來了……就是那個害急診室停電十秒鐘結果全醫院上上下下都為了解釋不明原因停電而雞飛狗跳的被行刑人騷擾的女孩！上一次見到面的時候她長髮披散地被約束在床上，現在經過梳洗打理根本就是青春洋溢的美少女一名。

她一副欲言又止的表情，似乎不知道該從哪邊開始與我對話，只好又是我幫忙了。

「出院了嗎？」

聽到我這般問，書涵總算能夠好好地說話了，「對啊，上個禮拜出院的。今天第一天回學校上課。」

她往我身後望了望，似乎在尋找些什麼，八成是上次把她從清慕希手上「救下來」的行刑人。

「他今天不在。」聽到宋昱軒不在，這個小妹妹當真給我露出失望的表情！

現在所有人都對宋昱軒一見鍾情就是了？他是冥官是死人是鬼啊啊啊！

「那個……這個是謝謝妳的。」廖書涵提起手上一大盒的鳳梨酥，想交到我手上。

……沒人教過妳不要、不要、不要送醫療人員有「鳳梨」兩個字的東西嗎！我等等病人出狀況出一堆事情絕對算在妳頭上！

「裡面還有另外一盒是要給那位大哥哥的……雖然我不知道他能不能用，但我還是準備了一些……」

我瞄向紙袋裡頭，鳳梨酥禮盒旁邊有好幾疊冥鈔，還有紙紮的衣服、鞋子。

「……我過後會燒給他的。」

等等這一袋東西絕對要鎖好在置物櫃裡面，鳳梨酥就夠讓醫療同仁們哀哀叫了，一打開看到一疊冥鈔絕對又會把人嚇死！如果不是知道事情原委，我自己也會覺得妹妹根本不是來送禮，而是來詛咒我的。

但是妹妹的好意，我也只能收下了。

我望進她的眼睛，「妳還會看見或聽見奇怪的東西嗎？」

她幾不可見地點了點頭，不帶任何希望的問，「這個……有辦法弄掉嗎？」

「有。」封眼這種東西對蒼藍根本就是揮一揮手就能解決的事情了。只不過……

「妳封眼之前，那個女冥官想要見一見妳。妳願意嗎？」

在我的安排之下，我和書涵在一個沒有月亮的夜晚來到了距離醫院和私立中學不遠的城隍廟旁。

「您好像……很久沒來城隍廟了。」我順手點了香，對著神像拜了三下，香爐裡唯一的一柱香青煙裊裊。現在是晚上十一點，城隍廟裡一個人也沒有，就連理應看守廟宇的廟祝都不見蹤影……也有可能被支開了也說不定。

「廢話！因為現在你們都直接跑來我家！」

「老是勞煩您出門我們也是會不好意思啊……」一旁的古代縣令打扮的大叔不好意思地說。就算是個大叔，也是個親切無比的帥大叔。我搬來這一帶之後，這位城隍就主動上門和我打招呼，還幫我安置了不少家具（當中不包括電器）。

「又是『您』……我知道我的名字很菜市場，但是也不用叫得那麼疏遠嘛！」我把手上的飲料丟出去，城隍眼明手快地接下，見到是什麼之後欣喜若狂，馬上打開細細品嘗。

這是一個喜歡喝養樂多的城隍爺。

「信眾都只會供茶和酒……我就喜歡喝養樂多啊！」

「我明明什麼也沒說。」

「妳的表情就寫著真有這麼好喝嗎！」

「原來你喜歡喝養樂多啊！」外套上印滿虛擬偶像團體標誌的蒼藍插嘴道。「那下次我會記得拿一打來孝敬您老人家的。」

「你這個穿衣品味差到極點的道士休想用養樂多來賄賂我！」

「星之海魔法少女明明是最棒的！」

「三個卡通女生在那邊唱歌你也愛？」

「那不是卡通，是動漫！」

這種幼稚的爭執我就不參與了。就連一旁的宋昱軒和被五花大綁的清慕希也識相地閉上嘴巴。

他們兩人……一人一鬼忽然停止說話，先是城隍爺踏著搖曳的燭火消失在一旁，接著是蒼藍用幻術把自己藏了起來，就連宋昱軒也把繩子交到我手上。

「有人在嗎？」女孩的聲音顫抖著，但我不怪她。大半夜被奇怪的大姊姊叫來城隍廟見另一隻鬼，誰都會怕好不好！

「快進來啊！」我對妹妹招了招手，「不用怕，這裡什麼東西都沒有。」除了兩個冥官和一個道士宅男。

見到許久不見的牽掛，清慕希整個人很不自在，我從繩子都能感受得到她的僵硬還有想要逃避的心情。

廖書涵站在離我稍遠處，不敢再接近。

「……對不起。」

清慕希低著頭，不敢直視女孩的眼睛。

女孩沉默了一陣，似乎是在消化那三個字的意思，隨即握緊了拳頭，對著犯錯的女行刑人大吼，「一句對不起就夠了嗎！妳知道妳把我的人生搞成什麼德行嗎！我的爸媽現在每天都盯著我，我拿起剪刀我媽就擔心得要死，連站在陽台都會被叫進屋子。我——」

「真的很對不起、對不起……」清慕希馬上就是雙膝跪地磕頭，順便附送兩行眼淚，不斷地重複類似的話。但是就算清慕希再怎麼卑微地磕頭認錯，廖書涵一點也不領情。

「現在妳要怎麼還我？我的人生妳要怎麼還我！我正常的家庭妳要怎麼還我！」

廖書涵既憤怒又委屈，這些都是在預期範圍內。

「她可以還妳。」我忽然插進對話，如同宋昱軒把捆住清慕希的繩子交給我一般，我把繩頭放到了廖書涵手上。「她就任妳處置了。」

「咦？欸？這……」

「怎麼，不滿意嗎？她整個人——整個鬼都是妳的了，她玩弄了妳的人生，現在就輪到妳玩弄她的鬼生了。妳愛怎麼利用就怎麼利用，因為清慕希是鬼，所以派清慕希去吃喝拐騙搶都很難被發現喔！世界上有陰陽眼的人就是少嘛！」

「等等，我從來沒有吃喝拐騙搶的意圖——」

「——先讓我講完。」彷彿是在推銷貨品一般，我對著清慕希比劃道：「如果不了解冥官的特性，就容我來介紹一番。冥官除了一般人看不到這個特色之外，最大的特色就是『名字』了。只要有了冥官的真名，再加上小小的道具，妳就有了束縛冥官的能力，叫他們做什麼他們都會乖乖去做，無法反抗喔！」我拿出了寫有清慕希真名的摺紙玫瑰，這個名字連我都沒有看過，「清慕希只是她的代號，她的名字就在這裡，連同裡面控制她的手繩。」

劇情忽然這般急轉直下，廖書涵的腦袋原本正常運作的齒輪被我這麼一說就卡住了，呆滯地看著我。

「妳說清慕希搞亂了妳的人生，不如妳來說說看妳原本有著什麼樣的人生規劃，我們來看看要讓清慕希做什麼事情，才能讓妳的人生恢復正軌吧！冥官的能力我比妳熟悉，一起想辦法會比較好喔！」

「我……」突如其來的發展讓廖書涵一陣措手不及，支支吾吾了一番，「我……我應該就是考大學……」

「考什麼系呢？」

「我的成績沒有很好，所以這個由不得我決定……」

「這樣喔……」我若有所思地摸了摸下巴，「那麼清慕希到底怎麼樣毀了妳的人生，要不要說得確切一點呢？」

「她……她害我去看了身心科醫生！現在我的朋友看我的眼神都怪怪的……」

「那麼，這些朋友會影響到妳的人生規劃嗎？」

「……」

「還有嗎？」

「……她讓我不知道如何面對我的爸媽！」

「這個我們正在想辦法解決。所以妳放心。」我瞄向問籤櫃台的方向，然後繼續問同樣的三個字，「還有嗎？」

「我……」高中生妹妹忽然惱羞成怒了，聲音逐漸提高，「明明是她騷擾我的，為什麼反而是我被妳教訓！妳是我的誰？管我這麼多做什麼！」

「因為『別人毀了妳的人生』是很嚴重的指控！妳這個連人生規劃都沒有思考過，只會照著社會要求讀書的屁孩憑什麼指控別人毀了妳的人生！」

我的聲音在空蕩蕩的廟宇迴響著，城隍的神像無聲地盯著我們，彷彿屏住了呼吸一般。或許他們還有呼吸的話此時真的停止了呼吸，靜靜地見證這一切的發展。

妹妹大概沒有預料到會被我吼，滿臉困惑的表情表述了她的內心。

她根本沒有想過自己的未來。

現在，我就等著廖書涵的答案。有時候，我都覺得諮商就像玩戀愛RPG，一個情境選擇不同的回答，就會導向不同的結局。說不定也只有我的諮商長這個樣子，畢竟我無照。

「——我的人生是我自己的，」廖書涵握緊拳頭，咬牙切齒地說。「不需要妳們的幫忙。」

「有志氣！這句話是妳自己說的！」就像把摺紙玫瑰交到她手上一樣突然，我奪回了摺紙玫瑰，在燭火的燃燒下，摺紙玫瑰發黑萎縮化成了一團灰。

「清慕希，書涵妹妹是個有骨氣的孩子。她根本不需要妳的幫忙，也能夠活出自己的人生，所以妳不用擔心她，明白了嗎？」

清慕希用著惋惜的眼神看著廖書涵，失神地喊了一句「簡小姐，可是……」，似乎想要請我再多幫忙一點。

「沒有可是。她想要平凡也是她自己的選擇。這就是她想要的，懂嗎？事情就是這樣。封眼！」最後一句喊出的時候，一道白光如箭矢般從神像後方竄出，沒入了廖書涵的腦門。蒼藍的封眼效果品質保證，很快地廖書涵的視線飄忽不定，再也無法看出清慕希的位置。此時的清慕希已經擦乾眼淚，直起了身。因為不再會被書涵妹妹看見了，宋昱軒和城隍從暗處走了出來，幫女行刑人解開繩子。

「小涵。」廖書涵應著聲音回頭，驚訝地發現自己的父母就在身後。

「爸？媽？」

「我們都看見了，妳沒有說謊……」

高中生妹妹像個還沒長大的小孩，抱住她的母親痛哭。我轉身要走，卻被一個毫無善意的聲音喊住，「等一下！剛剛那到底是什麼意思？」

我明知故問，「請問你是在說什麼事情呢？」

「我的女兒我會自己教，妳為什麼要管那麼多？」咄咄逼人的語氣加上將妻女護在身後的動作，完全有一家之主的氣勢。

先不論我是不是冥府心理諮商師，你跟一個急診護理師比氣勢絕對是個錯誤的選擇。平常我們與情緒失控和醫療暴力周旋，能繼續死守崗位的都有一點膽識。

「我沒有管你的女兒啊。」我平靜地述說。「我只是讓清慕希認清你的女兒很有骨氣，完全不需要她的幫忙也可以活得很好。」

「就因為這樣，當著神明面前羞辱我的女兒嗎！」

「沒錯！」意料之外的答案讓廖爸爸為之一愣，但我可不在意他的反應，逕自說了下去。「我是冥府的心理諮商師，我的客戶是冥府的官吏，活人的諮商充其量只是順便而已。」

「為了死人而羞辱活人嗎？」

「毫無目標的活著，這不是比死人還不如嗎？」對於這種人我一向嗤之以鼻。勾起一抹冷冷的微笑，我站到了城隍的神像之前，很認真地警告，「最後說上一句，勸你們不要把我的事情說出去，也不要妄想暗中報復。」

愛喝養樂多的城隍見我打出暗示，擺了擺袖子，原本發出黯淡黃光的紅紙燈籠變得通體發紅，異樣的紅光灑落在神壇上，也照耀在我身上。我猜現在的我看上去一定很可怕，因為廖媽媽與書涵緊緊抱在一起，就連廖爸爸都不自覺地倒退了一步。

「雖然我沒有任何能力，但是我認識的『人』絕對比你們多。」

「佳芬姊，只是封個眼，妳幹嘛把自己搞得像個壞人啊？」

「我本來就不是什麼好人。」我坦然地承認。

「明明就是個好人……」城隍留在城隍廟沒有跟在我們身後，宋昱軒帶著清慕希回冥府去了。雖然我已經拒絕了很多次，但是蒼藍還是堅持送我回家。他的理由是：「怕佳芬姊這麼一搞被壞人盯上。」

是沒差啦！這種情況一開始還會不習慣……被比自己小八歲的小弟弟護送回家當然會不習慣！可是越發理解這個小弟弟的全能之後，把命交在他手上反而比較放心。

「如果不是好人，佳芬姊還會找我施點法術增強那一家三口對於這個事件的心理素質嗎？更交代我放一點驅魂的術法在他們身上，不要讓他們被看不見的東西騷擾。」

「我只是不想要多三個創傷後壓力症候群的病人而已，也不想要他們一直來煩我。我是冥府心理諮商師，不是萬事屋更不是什麼仙姑。」

「分明就很苦口婆心地在勸世——痛！佳芬姊妳就一定要動手嗎？」

「反正你跟那些冥官一樣打了都不會有事。」就是因為知道蒼藍不是一個拳頭打得壞的人，所以打他的力道從來沒有收斂過。我這麼想的同時，蒼藍的手已經罩上一層白光，往剛被打的後腦勺摸去，想必那白光的效果是治療吧。

「哪門子的心理諮商師像妳一樣會罵人又會打人的啊……」

「冥府心理諮商師簡佳芬，僅此一家，絕無分號。」

清慕希

初步診斷：原因不明的控制狂。

治療評估：已與受害者道歉，並提供受害者補償辦法，受害者拒絕。現受害者已封眼，個案也願意與受害者保持距離。

處置：回到原本的崗位，預約三個月後回診。續觀。

【第三章】

生／死／消散

幸好在清慕希的事件之後，我的日子就平順許多了。工作順利，副業也沒跑出什麼太奇怪的問題。但是越是這種平靜的時候，更要擔心是不是暴風雨前的寧靜。

「唉，又要評鑑了……」評鑑真的是一個很討厭的東西。又要生一堆有的沒的文件，還要背一些有的沒的醫院宗旨，上頭還會站在門口抽考。

我背醫院什麼宗旨到底是有屁用啊！我只要知道自己每天都有做好分內的事情不就好了嗎！

我利用等紅綠燈的空檔，打開需要背誦的文件開始苦讀。看到那些咬文嚼字的敘述，我就頭暈了。啊靠，醫院已經夠忙了還要搞這些有的沒的……

每次評鑑都是我在思考離職的時候。叫蒼藍幫我引薦內境，用我這張嘴巴去賺內境人士的錢不是很輕鬆愜意嗎？但蒼藍應該不會同意就是了。

既然都提到了，順便來講講什麼是內境好了。內境就是人類的魔法群體的統稱，有著一個管理委員會，統管著所有擁有特殊能力的人類。我遭遇過他們幾次，實在不是很喜歡他們。之前也問過蒼藍，蒼藍對他們也是滿滿的不屑，完全否認自己與內境有任何一點關係。不僅僅是蒼藍，就連冥府的各位也叫我離內境人士遠一點，畢竟我的身分很特殊，也握有不少冥官乃至殿主的隱私……

這時，我眼角餘光瞄到了對面小男孩，他背著書包，身上還穿著小學的制服。這個時間點應該是剛補習結束準備回家。他很標準地左看右看，然後跨出腳步，但是我同時也看到一輛違規紅燈右轉的車高速向他駛去。

「等——」我還來不及叫停，車子已經狠狠地撞下去，然後揚長而去。

我掏出手機準備叫救護車，卻發現地上完全沒有受傷的小男孩，甚至連一點血跡都沒有。跟我一起等紅綠燈的人毫無反應，逕自過自己的馬路。

對面的人行道上，那個小男孩背著書包，就像什麼事也沒發生過，等著下一個紅綠燈。我這時才注意到，他的腳有點透明。

被困住了。

我走向他，看了一眼他的名牌，確認名字後就躲到較不會引人注目的店家前。

「林泓安，過來。」

我一個喚名，小男孩的身體為之一震，如同失了魂似的向我走來。

「怎麼不回去呢？」我用哄年齡比較小的病人的口吻輕聲問道。

「不知道為什麼，我回不去。」林泓安小弟弟一直低著的頭抬了起來，但他的頭彷彿失去支撐，歪向一側，眼睛鼻子和耳朵的鮮血也沿著臉頰斜斜地滴落。他小手指著對面正在辦白事的巷子，「我的家就在那條巷子裡面，可是回不去。」

「那麼，姊姊帶你回家好不好？」我極力無視扁下去的胸口，牽起他還完好的右手，

「姊姊帶你回家，見你爸爸媽媽好不好？」

「好。」

冰冷的觸感搭在我的手上。我牽著小弟弟的手，卻不是往他們家的巷子，而是往另一個方向。

「姊姊，我家在那邊。」

「我知道，姊姊先帶你去另一個地方。」如果直接帶他回家，讓他看到自己的遺照和葬禮，可能會變凶。走正規的讓他回到冥府，頭七再回家比較好。

但是，服務處有點遠，需要搭公車。我找了一個兩人座，自己坐在走道側，讓林泓安小弟弟坐在窗戶側。小弟弟不吵也不鬧，只是呆呆地看著窗外。

「林泓安，我們下車。」我聲音說得很輕，生怕嚇到身邊的人。但是這樣的喚名對遊魂其實就很夠了。小弟弟乖巧地背起書包，跟著我走到一間民宅前面。民宅的玻璃門小字寫著：尋路服務中心　忘生門市

這一行字只有鬼和有陰陽眼的人看得見。

遊魂服務中心相較於冥府會燈火通明一點，至少會做得像一般的服務中心。淨白的環境，明亮的照明，整齊的櫃檯。裡面認識我的冥官一看見我，立刻上前寒暄幾句，「簡小姐！妳怎麼會過來這裡呢？是臨時需要聯絡冥府嗎？還是……」

「他迷路了，要送他回家。」我指了指手邊的小弟弟。女冥官看到這麼小的孩子，不免嘆了一口氣。

這麼小，就來到她手上，經由她手前往另一個世界。她也於心不忍吧？

她整理表情，面帶柔和的表情蹲下與小弟弟齊平，親切地說，「小弟弟，你想回家嗎？」

「想。」林泓安點頭如搗蒜，只說了一個字。

「家裡你最喜歡誰呀？」

「最喜歡媽媽！媽咪每次都會做好吃的菜，等我放學回來！」

「那麼姊姊變個魔術給你看，好不好？」女冥官一說完，臉上容貌漸漸改變。原本化好的妝容消失，變成了面露慈祥微笑的婦女，盤好的髮髻也散了開，變成了微捲的短髮。

「媽咪……」

「泓安，你怎麼那麼晚才回家？飯都涼了！」女冥官的聲音也變了，不是原本親切的公關嗓音，而是略帶年紀、再加上一點沙啞的女聲，但是那女聲中帶著滿滿的母愛。

她寵溺地撫摸小弟弟的頭，說「我們去吃飯吧！」

小弟弟點了點頭，搭上女冥官的手，進到櫃檯裡面，打開一道烏黑的門板，兩人走了進去。

直到門板關上，我緊繃的神經才鬆懈下來。周遭一邊處理自己的事情，一邊關注這個方

向的所有冥官也總算把手從武器上移開。

剛剛貌似是場很溫馨的超渡，但是如果一個弄不好，小弟弟變凶變怨魂的話，我們就有得折騰了。

幸好一切順利，女冥官也處理得很專業。不一會兒，女冥官從門板後回來，同在一個服務中心的同事見到她就熱烈地拍手歡呼，幾乎是英雄式的迎接。女冥官禮貌地點了點頭，欣然接受了這個迎接方式。等到歡呼消停後，女冥官才向著我的方向說，「簡小姐，下次帶遊魂過來前，可以先跟我們說一聲嗎？」

呃……反正就……沒事就好？

「我在路邊忽然燒冥紙會嚇到人。」沒先知會也真的是我的錯，所以我也反駁得有些心虛，「我下次會說一聲的。」

「至少讓我們這邊做個準備啊！不就幸好弟弟年紀還小，沒被他察覺他已經死了，不然轉變成怨魂，我們這邊完全是不同的處理手法啊！」因為差點就出大事了，服務中心的主管很嚴厲地告誡了一番。我也只能低頭認錯。

不會回家的遊魂都有轉變成怨魂的可能性，機率還不低。

嗚嗚，好心把年幼的遊魂帶回家，竟然因為忘了通知一聲反被念了一頓。

我至少還記得怨魂不能從這邊送，不然上次「明廷深勇破鬼屋」之後遇上的女鬼往這邊送的話，還不把這邊鬧得雞飛狗跳的？

怨魂還是讓行刑人或者蒼藍處理，遊魂就交給這些「領路人」吧！

「簡小姐──」

「雅棠，我說過，叫我佳芬就好。都認識幾年了。」

「佳芬，」晉雅棠很快就改了稱呼，「妳好像很久沒過來了。」

嚴厲女主管變回我平常認識的晉雅棠，但我也很習慣雅棠這種轉換，一點也不覺得突兀。雅棠是一個公私分明的人，該嚴厲責備的時候絕對會嚴厲責備，但是事後還是會機會教育一下。只要跟工作無關的時候，就會是一個很好聊天的人──鬼。

「妳們最近又沒有人需要諮詢我就不過來打擾了。我一個活人在旁邊，對尋路的遊魂來說只會是讓他們發現自己已經死亡的一個觸發點吧？」

「這樣也是沒錯啦……但是我又不能離開這邊啊！發生什麼事，我的下屬們怎麼辦？」

看看這個發言，完全沒有任何進步啊！

「偶爾多相信妳的下屬啊！要多磨練磨練，下屬才會進步啊！不然都妳一個人攬下，雖然你們是鬼不會死，但是對心情也是一種負擔啊！」

雅棠是一個很愛護下屬的主管，可能過度愛護了，所以她幾乎不離開服務中心，天天在這裡坐鎮，只要發生任何危險，第一個衝上前的也是她。就算是需要心理諮詢，也都是在這

個服務中心進行。

她也是我比較棘手的個案，因為她不願意接受諮商，我說的話她也聽不進去。偶爾只能這樣嘴上勸勸，然後繼續觀察。

「詠詩她適應得如何？」我望向前些日子剛見到面的臉孔。唐詠詩此時穿著服務中心的標準制服，那天看到的濃妝也卸掉了，只剩下淡淡的點綴。感覺比較像我第一次見到良家婦女的唐詠詩了。

唐詠詩見到我，禮貌地頷首致意。

「才來一個禮拜妳是要我怎麼評斷？」雅棠沒好氣地說，似乎有點不高興我又再勸她了，「一個月後再來問我還差不多。」

也是……其實我也只是順口問問。

服務中心的門再度被拉開，這次走進來的是一對夫妻。

「你好，請問是來找回家的路嗎？」

「對……」妻子如同失了神，聽到關鍵字只回答了這個字。倒是先生一臉慌亂地拜託著方才負責招呼的唐詠詩。

「我老婆不知道為什麼剛剛就變成這樣了！妳們可以幫我叫救護車嗎？我拉著她也沒用，車禍後直接走來這裡，口中喃喃念著『要回家』，問題是我們家不在這個方向啊！」

聽到先生這麼說話，我下意識退到牆邊。如果可以我更想要直接奪門而出，但是先生就擋在門前。

「好的，我馬上幫你們叫救護車。」唐詠詩也知道情境不妙，只能硬著頭皮順著先生的話說下去。

「我要回家……」妻子如同被烏木的門板吸引著，拖著腳步蹣跚地走了過去。

「不大對勁。妻子身上有被黑白無常銬過的痕跡。」晉雅棠悄悄跟我說，下巴偷偷指了妻子的手腕，一側手腕上有一圈烏黑的印記，另一側則無。

可是妻子看起來不像怨魂，應該銬得回去啊？還沒等我想完，我就看到一黑一白的兩位大哥站在服務中心的玻璃門外，神色警戒地盯著先生。

雖然雅棠實力不低，外頭的兩位大哥更是有保障，但我覺得我還是多叫一個幫手好了。我背對著眾人，從錢包裡拿出折成紙鶴的冥紙，用打火機點燃燒掉。

「喂？一一九嗎？我眼前有個女人有點怪，走路不穩還語無倫次，這裡的地址是──哇啊！」

先生忽然一把奪過電話，焦急地對著話筒大喊，「一一九，快派救護車啊！我和我的老婆騎機車出了車禍，被車子撞飛了，然後一睜開眼睛就看到有個全身白的人對我老婆銬手銬！如果我沒有把他推開──」

先生的話語在這邊斷了，因為他發現唐詠詩的電話根本沒有打出去，正傳出嘟嘟聲。

「詠詩，保護佳芬！」面對著危險指數暴漲的陰氣，晉雅棠甩出她的長鞭，在場的其他領路人也一併亮出了兵器。就連外頭的黑白無常也衝了進來，先是把比較好控制的妻子丟進烏木門內，再配合晉雅棠和其他領路人壓制已經暴走轉化為怨魂的先生。

我乖乖地躲在唐詠詩身後，大氣都不敢出一聲，生怕被怨魂先生發現我是活人，攻擊就朝我這邊來了。

「又是怨魂！還這麼凶！妳最近真的可以再衰一點！」在燈泡一明一滅間出現的宋昱軒忍不住抱怨了一聲，但還是立刻提劍衝上去幫忙。多了一個戰力之後，怨魂先生很快就被五花大綁，就算再努力掙扎還是被黑白無常加上宋昱軒拖進了烏木門內。

「佳芬，妳真的很烏鴉嘴耶！」正在捲鞭子的雅棠涼涼地說。「我們好久沒有怨魂轉化了說。」

「又不關我的事！」領路人身上都掛了一點彩，原本得體的服務人員制服都有被抓壞或者被陰氣割壞的裂口。

要知道，我除了陰陽眼之外什麼能力都沒有啊！

第二天，我再度路過那條辦喪事的巷子。原本打算無視的，但我還是走了進去。

「妳是……」林泓安小弟弟的家屬看見了我這個陌生人，問了一句。

「那天車禍我在現場。想來為泓安弟弟上一柱香。」

林泓安的母親就跟雅棠變化出來的一模一樣，差別只在於她的眼睛哭得通紅，神色憔悴。她為我點了三支香，我對著小弟弟的遺照拜了拜。

「平安抵達另一邊了，記得跟你爸媽說一聲，不然他們會擔心。」

說完該說的話之後，我插好香，雙手合十再拜了一下，轉頭對小弟弟的母親說，「你們有找到肇事車輛嗎？」

「沒有……是衝撞後逃逸，警方那邊目前還沒有消息……」

「我記得車牌是這個號碼。如果能夠幫到你們的話——」林泓安在路口被困住的那個畫面，我當下誤以為是真的車禍，所以還是快速在手機上記下車牌編號。這應該能夠給生者和死者一點安慰吧？至少眼前這位母親緊緊抓住我的手，一直重複著「謝謝」二字。

頭頂的燈光不穩定地閃了一下，雅棠出現在不起眼的帳篷角落，對我比了個大姆指。看來，就算我沒有交出車牌號碼，雅棠也會透過各種靈異干擾讓家屬和警方得知肇事車的車牌。只是，活人轉交還是直接省事了一點。

林泓安的父母馬上連絡負責的警察。趁著他們想起好像要拿個什麼給我以示感謝之前，我已經和雅棠離開靈堂了。

晉雅棠

初步診斷：對屬下過度保護的主管。

治療評估：毫無進展，續觀。

備註：此個案病識感較低，沒有再約回診，偶爾路過順便勸導一下。

我應該有提過我很討厭出門吧？

可是當雅棠特地到我家找我，拜託我陪她去查一查最近忽然暴增的遊魂和怨魂量時，我發現我無法拒絕。

「我不是靈異偵探！」我發出抗議的時候，雅棠已經把我拽出了家門。

順道說明，雅棠因為是在一般人也看得見的可視模式下，這個模式冥官有實體，所以她能把我抓出門。

「我只是需要一個活人陪在我身邊，我可不想被內境的激進分子遇上。有生人的氣息在旁邊至少能騙過一些低階的菜鳥。」

內境的激進分子……應該就是蒼藍口中的「分不清冥官和怨魂的眼殘」吧？雖然蒼藍是個肥宅道士，表面上好像在內境管轄內，但是每次提到內境他也跟冥官有一樣反感的表情。

原因很簡單：內境都是一群不可理喻的傢伙。

「他們問起的話我要說什麼？妳是我的守護靈嗎？」

「也可以啊！」穿著現代休閒服的雅棠對於這個偽裝身分欣然接受。我們就像普通的兩個女子在路上走著，「反正我也很樂於當妳的守護靈。」

「不要，妳還是乖乖去領路吧！」

「嫌棄我啊！」雅棠叫道，「我是「晉」耶！實力比那些唐宋元明清好上太多了好不好！冥府裡要找一個願意當守護靈的晉朝很困難啊！」

「我沒要求守護靈，妳們的大老闆也會硬塞給我！」我想到之前一直跟在我身邊的宋昱軒就想白眼，幸好最近宋昱軒回去做他的本職了，除了諮商小屋之外不常遇見他，上來的次數少上了許多。不然有一天受不了的時候，說不定我會拿掃把和聖水把他掃地出門。

既然是陪冥官出來的，時間當然挑在晚上。隨著雅棠帶我走的路越來越偏僻，路上還轉乘了公車，我不禁問了起來，「我們到底要去哪邊啊？」

「我也不知道。」

「那妳帶我來這麼偏僻的地方幹嘛啊！」跑那麼遠很累好不好！

「我只是一直順著怨氣的方向走而已。從我們那一帶一直延伸過來……」雅棠指著沒有星星的天空說，「不知道妳看得到嗎？空氣中有飄著一些暗紅色的氣流，而且越變越粗……」

我死命盯著空氣，但我當真沒有發現任何暗紅色的氣流，倒是瞄到黃色的閃光。

閃光？

「靠夭咧，還當真遇上了！」

「什麼——」忽然，雅棠猛地把我撲倒在地上，一道閃電劈啪地落在我們原本站著的地方，閃電在地板四散爬開的電流繞過了雅棠和被她護在身下的我。

「幹拎娘欸，雷術分明就是要連妳也除掉！」雅棠的手上忽然多了一條通體墨黑的鞭子，她大力一甩，連帶把我推到一旁，朝著天空高喊，「我是正在執勤的冥官，不是怨魂！」

眼看大戰一觸即發，廢物如我只能在一旁確認自己的口罩有戴好，還把外套脫下來包住頭儘量不被看到長相。

被看到長相，日子就不好過了啊……

雅棠這麼一個高喊，招來的反而是再一次的雷擊。雅棠的鞭子一甩，閃電被擊回並消散在空中，猛烈的雷術絲毫不給對方一點喘息的空間，雅棠也是應對得得心應手。就在一波攻勢尚未完全化解的時候，一個深藍色的身影躲在閃電之間，手上的短槍運轉著類似魔法陣的東西，他按下扳機——

「雅棠！」我驚呼，一聲槍響淹沒在一連串震耳欲聾的雷鳴之中，在飛沙走石散去之後，只見雅棠身前用薄薄的陰氣護住了自身，毫髮無傷。眼見冒險進入鞭子攻擊範圍卻沒能成功擊殺目標，深藍色的身影急忙拉開了距離。

或許是想要讓眼殘的內境人士看得清楚一些，雅棠身上的衣著起了變化。輕鬆放下的長髮盤了起來，原本現代休閒打扮變成了領路人的白色襯衫和墨色的外套和窄裙，領子處綁了一個暗紅色的領巾，腳下還踩了一雙中規中矩的黑色細跟高跟鞋。

要我說，這個辦公室熟女裝扮絕對比剛剛的T恤加牛仔褲不方便許多！但是此時雅棠的氣勢就是比對面的內境人士高上不止一倍。

雅棠的鞭子大力地「啪」了一聲，說，「你這個眼睛黏到屎的瞎子看清楚了沒！我是冥官！」

雅棠注意口德啊……算了，她好像每次遇見內境人士都這個樣子，句句帶髒話，說話還有點缺德，我也是習慣了。

「離那個平民遠一點！穿了個冥官的制服就要我相信妳是冥官嗎！」深藍色的長版外套在無風的情況下飄起，手上的雙槍交錯在身前，隨時準備攻擊。

「怨魂不會說有意義的話。」雅棠又再舉出一個怨魂和冥官最明顯的差異。豈料對面的深藍外套男子完全沒有收手的意思，反倒舉起了槍怒吼，「寧可錯殺一百也不可以放過一個！」

左手的槍對天空鳴響，卻不見任何事情發生……

身下忽然轉起了一個魔法陣，而我剛好就在邊緣。看多了動漫的我警覺地離開魔法陣範圍，越遠越好，還連帶做了趴下護頭的動作。身處魔法陣中央的雅棠往我這邊瞄了一眼，見我已經脫離魔法陣更加放心了，立刻甩起鞭子朝內境人士襲去。

魔法陣慢慢運轉著，應該還不到全速，但我這個普通人完全看不出來這個東西是幹什麼用的。就是幾個圈與許多似蚯蚓的符號組成的文字。但是不管這是做什麼用的，都不是好東西，因為雅棠嘴裡低吼了一聲「白痴」，把內境人士的雙槍打飛了之後，不安地仰頭望著天空。

「還敢分心？」內境人士從空氣中又抽出兩把短槍——這個魔法還真棒啊！都不需要帶背包了——兩根食指一按又是兩個魔法陣和隨之而出的子彈。我能感覺到雅棠的鞭子越來越急，攻勢也越來越猛烈——

好啦，我其實什麼也看不懂，只是覺得原本還看得到鞭子，現在只看得到影子了。鞭子纏在內境人士的手腕上，一道黑氣從雅棠手上傳到了內境人士身上。內境人士雙腳發軟，癱倒在地上，魔法陣也隨之消失了。

所以……這麼大一個魔法陣是幹嘛的啊？

忽然，我的背脊上爬上一陣寒意。我望向寒意的源頭，一隻鮮紅色的鬼正趴在附近的灌木叢裡盯著我……

「雅棠——」

可是雅棠也在應付她那邊忽然多出來的好幾隻怨魂。

哪來的那麼多怨魂啊！

「被他引過來的。」雅棠一鞭打爛朝她撲去的怨魂的嘴巴，「附近的怨魂數量太多，原本大型魔法陣可以嚇嚇他們，但是在這個數量之下，反而變成了一種挑釁。」

這就是為什麼我現在眼前的紅點一個一個冒出來嗎！

我慢慢退到雅棠身邊，一邊抽出錢包裡的冥紙紙鶴燒掉。隱隱覺得只找宋昱軒一個人會不夠，我低聲地說了三個字，「洪深仁。」

不要覺得我反應過度，找了兩個行刑人過來，背後的雅棠可是直接把一疊寫滿她的下屬真名的冥紙交到我手上，不需要她多說什麼，我把這整疊全點上火，撒在身前。

不管是直接喚名還是冥紙喚名，都是活人的專利。概念跟招魂差不多……你總不能死人招魂死人吧？

除了直接被喚名的明廷深，用冥紙喚名的冥官照我的經驗，至少需要五分鐘才會出現。

雅棠甚至連輕鬆的聊天都不敢做，威壓全放，鞭子上纏繞的黑氣比方才對付內境人士的更深沉，警告著周圍閃著凶光的紅色影子不准靠近。就連先出現的明廷深見到這個現象，問

都沒問就先拔劍出鞘，嚴陣以待。

或許也是明廷深這一個動作激怒了怨魂，紅色的影子忽然群起而上，直向我們撲來。

「看住他。」雅棠交代了一句，和明廷深很有默契地將我和昏倒在地的內境人士護在身後，執起武器和繩子各自往不同的方向衝去。

但是在怨魂群起包圍的情況下，只靠兩個人絕對不夠。為了護住我，他們無法離我太遠，還要分心看著有無越過他們的怨魂。

「……妳最近真的要轉個運，又是怨魂，還那麼多！」

「真的不是我的問題！」我忍不住反駁。宋昱軒出現的同時，其他被我灑在地上的冥紙的青煙中出現了一個又一個的冥官，全部都穿著和雅棠一樣的領路人制服。

這下人手就足了，我也不用提著一顆心注意哪裡有雅棠或者明廷深沒攔住的鬼往我撲來。冥官們形成了守護圈，把我和昏倒的人護在中間。

冥官的戰鬥方式一向很簡單暴力，因為他們的劍就算插穿怨魂也不會造成傷害，只會給予麻痺效果，據說如果怨魂越掙扎就會越痛。因此在面對大量怨魂的情況，通常會兩兩組隊，一個負責砍、麻痺怨魂，另一個負責把繩子綁到怨魂身上，串成一串之後就帶下去……

不得不說，其實有一點滑稽。尤其是一串怨魂被拖在地上的時候。大概就像有人拿著一袋垃圾在地上拖來拖去的感覺吧？

說來，不知道冥官的武器對人類有什麼樣的效果……

忽然，我身下傳來了低沉的咆哮，「寧可錯殺一百，也不可放過一個——唔！」

「閉嘴啦！」我隨手撿起了一樣東西，直接往地上這傢伙的後腦勺敲了下去。

冥官正在救你啊！不然你早被周圍那些怨魂撕了！

忽然全部冥官都愣了一下，往我這個方向看了過來。我才發現手上是內境人士沒有收回去的手槍。

不得不說，打起來還真順手。

「妳差點把他的魂打飛了。」宋昱軒涼涼地說。

「我知道……我有看到。」因為那抹魂正慢慢縮回身體裡面。

「妳是打冥官打習慣了忘記他是人類了吧？」

不要說出來！

漸漸地，周遭的怨魂被清理得差不多了。

「可是天上的怨氣還在。」明廷深望著天空說。「感覺是從那邊傳來的。」

雅棠說，「我已經從市區追到這邊來了，都還沒找到源頭。」

「不過這個程度不處理不行。反正妳的人都在了，我們就一起過去吧！」宋昱軒轉頭看向我，「佳芬，妳就先回去——」

「我不回去！」

「剛剛不是才有人說她不是靈異偵探嗎？」

「啊靠！妳也不看看妳把我帶到了什麼地方！」我指著周圍空盪盪的廢棄貨櫃碼頭，「妳這是要我怎麼回去啊！我的手機還被剛剛你們的陰氣干擾，現在連開都開不了！」

到底是誰的陰氣掃到我的啦！給我準備收帳單！

雅棠也沒再跟我爭辯什麼，就同意帶上了我。結果我們的目的地就在廢棄碼頭後面的一座資源回收場。

將近十個冥官圍成一圈，無言地看著資源回收車上的一袋垃圾，數十個飲料杯和便當盒正冒著令人作嘔的臭味，還有讓人陣陣發寒的感覺，其中幾個飲料杯還有怨魂被困在飲料杯裡，不斷晃動。

……

我好像知道為什麼冥官們都不大喜歡蒼藍了。

「啊啦，你們都在啊？」一個欠打的聲音說，眾人望向聲音的來源，一個穿著印有虛擬偶像團體衣服的寬闊背影正緩緩離開，「既然已經解決完了我就先離開了——」

宋昱軒眼明手快，搶在蒼藍消失之前把繩子套在了他身上。

「你幹嘛用縛靈繩綁我！喂！」

我還是第一次知道那條繩子的名字耶！

不只宋昱軒，其他領路人也在雅棠的眼神示意下跳出來把蒼藍牢牢捆住。一個人和十個冥官糾纏成一團，不一會兒，就形成了宋昱軒和明廷深各拉著一隻手……

「喂喂！冥官傷人是大忌啊！」

「放心，我跟廷深有受過良好的行刑人訓練，能夠完全掌握五馬分屍的力道。」

彷彿是為了驗證昱軒的話，兩人正很有默契地將縛靈繩再收緊一圈，「還請你不要掙扎，我們不希望你傷害到自己。魂魄撕裂的過程是很痛的。」

蒼藍還想要抗議，但是一道黑影籠罩在他的頭上，當他抬頭看見晉雅棠正雙手叉腰，居高臨下瞪著他時，就算是蒼藍也縮了一下。

「那個……晉雅棠小姐，我們有話好好說——」

「魏蒼藍大人，」為了避免蒼藍聽不懂她在說什麼，她可是字正腔圓地慢慢說。「我應該有跟你說過很多次，怨魂不可以亂丟吧？」

「啊哈哈哈……我一時忘了……」

「忘了？」如果冥官可以傷害人類，雅棠現在絕對會把蒼藍揍到他媽媽都認不出來，「我都曾經跟你提議過要派人去幫你整理回收，你還把我的人趕出來！」

「我自己的垃圾我會自己收拾——」

「然後順便把怨魂也丟一丟嗎！」雅棠提高了音量，正當她還想繼續罵下去的時候，我站到了蒼藍後面。

「佳芬？」

「佳芬姊？」

「妳繼續罵，我會適時幫妳揍人。我不是冥官，」我狠狠地在眼前的肥宅頭上敲了一下，「——我可以打人。」

「痛痛痛痛——佳芬姊！妳應該要站在我這一邊！」

「你這一邊？我憑什麼站在你這一邊！」我擰著蒼藍的耳朵，惡狠狠地說，「跟你說過多少次，做事要負責任、要有始有終，啊你就是不聽！」

「對啊！不要再增加我們的工作量了懂不懂啊！」

「怨魂每一隻處理起來都很麻煩好不好！」

「佳芬姊，妳不要再打了！等等扯到縛靈繩，撕到靈魂會超痛的啊！」望著蒼藍超級無敵誠懇的請求，我完全沒有被打動的感覺，一邊加重力道，「沒關係，我相信行刑人的專業，能夠很好地控制綁你的力道。」

「再亂丟怨魂啊！」

「實力堅強就可以這麼亂來嗎！」

「報告又不是你在寫就可以這麼囂張嗎！」

「佳芬姊，我錯了。拜託讓他們停下來啊——」

「話不多說，我們開始吧！」一進入諮商小屋，我就讓宋昱軒叫病人進來。很快的，響起一陣禮貌的敲門聲。

「那個……不好意思……」

「過來坐下。」這種命令的語氣平常對病人用絕對會被投訴到死！但是冥官們對我的性格都稍有耳聞，而且應該也沒有一個冥官有那個勇氣投訴我。

「你是新來的，對吧？名字是？」

「宋、宋思年。」

我忍不住說道，「昱軒，是你的同期耶！」

「沒有沒有，昱軒前輩比我們早上許多，我還不敢和昱軒前輩相提並論。」身穿文官袍子的宋思年擺著手，慌張地說。

怎麼一臉惶恐樣？但是宋昱軒據說在冥官之間名聲很不錯，也有一定的實力，所以冥官們看到他都還算尊敬。

我切入今天的正題，先從起手式開始．「今天來是為什麼呢？」

「事情是這樣的，我服務的處室是負責分發陽世子孫祭拜給受刑鬼魂的供品。因為工作的需求，我們常會跟負責接收冥鈔的鬼魂會計部有來往。」

似乎看到我不解的表情，宋昱軒自動自發解釋起來，「子孫在祭拜祖先的時候會有冥紙、紙紮品、食物等。這些祭品一概會由供品部或者鬼魂會計部代收，進行換算，然後再分發給受刑的鬼魂。」

「換算？」

「人界的冥鈔太多種，所以我們會另外再算成我們冥府通用的匯率。」

「所以不是我們燒多少祖先拿多少喔？」

「妳有沒有看過冥鈔上面有多少個零？」宋昱軒的反問還真讓我一時無法反駁。

也是啦……不然那個通貨膨脹程度真的會蠻可怕的。

簡介就到這裡，我望向宋思年，示意他繼續說下去。

「最近……」冥官有些遲疑地看著宋昱軒，話就斷在這邊了。

「不用擔心，個案的資料都是保密的，我們也不會說出去。」雖然我自己是個沒牌照的心理諮商師，但是最最最基本的職業操守我還是有的。而宋昱軒的口風夠緊也不需要擔心。

「……我們的部長和鬼魂會計部的部長有點摩擦……所以兩邊的下屬都有被颱到颱風

尾……」

唉……竟然是這種諮商——我有時都覺得自己這邊不是單純的心理諮商，都快變成萬事屋了！我是不是應該把牌子上的「心理諮商」四個大字再寫得明顯一點呢？還是把沒看懂牌子的冥官丟出去叫他們中文重修再進來？反正冥官已經死了不會再死一次，他們多的是時間去進修。

「可以明確說明是對你造成什麼樣的困擾嗎？」

「就是……」宋思年的眼神飄忽不定，整個人扭扭捏捏的。

我有預感這會是場漫長的諮商。

「就是我們兩邊平時其實交情不錯，大家也會一起吃飯，員工旅遊也常一起約，被部長這樣一搞，我們很多交際圈都被影響了……」

資深如我當然知道這不是主要原因！我示意他繼續說下去。

「而且工作上原本合作得很愉快，現在被上頭搞一個工作進度都會被影響……」

嗯……可是冥官又不會死，也不用睡覺，工作進度被影響造成心情不好這點還真不能說服我。

我繼續盯著他，他才支支吾吾地說出，「……我喜歡的女生在鬼魂會計部，都快追到手了，兩個部長在那邊鬧脾氣害我現在都不敢約……」

這才是最主要的煩惱啊！

「孩子，」我一手搭在冥官的肩上，意味深長地喊了一聲。雖然喊冥官「孩子」在輩分和年齡上根本就兜不上來，但是也不會有冥官會來糾正我，「女生是要去爭取的。阻礙越高，得到的時候成就感越高喔！」

「可是……」

「可是什麼？這點阻礙不算什麼吧？你們冥官已經沒有父母阻撓、身分差距、血緣問題，追下去就對了不是嗎？」

這麼講之後我才發現……冥官談戀愛好自由啊！

「就是我的同事都交代我要問出解決兩個部長之間的問題的方法了……」

「……那就叫那兩個部長一起來！」

「佳芬，」宋昱軒喊了一聲，溫柔的聲音輕輕地提醒，「他們是真的有煩惱。」

「但是——」

「他們也不可能把部長抓來見妳。至少聽聽他們的部長原本好好的，為什麼突然不和的原因？」

「……對不起，我們繼續。」雖然說我常把冥官趕出去或者使用「物理治療」，但是剛剛是真的自己對諮商感到不耐煩，重點是還發洩出來了！

沉下心後，才想起宋昱軒說得也對，冥官不會死也沒有退休年限，除非是調職，不然原本好好的，怎麼突然就不和了呢？

「……起因好像是我們家部長和他們部長兩家去聚餐，結果喝醉酒的我們家部長調戲了對面的部長夫人……」

這個緣由講出來連宋思年都心虛啊！我汗顏地看著苦主……

我是要怎樣幫你想辦法啊！就是你家老闆的錯啊！你就把你們部長抓來我幫你剁手洩憤——

「可是！我們的部長是女的啊！而且平常就跟鬼魂會計部的部長夫人很要好，那天就只是喝醉酒玩開了而已！我們兩邊的下屬全部都在場啊！」

幹，事情更複雜了！所以現在不是綠帽罩頂的問題，而是鬼魂會計部的部長太容易吃醋的問題了吧！

「我可以好奇你們的『玩開』是怎麼個玩開法嗎？」

「呃……就兩個人開始玩比劍……」

「然後？」酒後過個幾招好像還好？

「——我們部長劃傷了對面部長夫人的臉……」

我剛剛還只是極度不耐煩，現在是真他媽的整個想把眼前這個冥官丟出門外了。

講話可以講重點嗎！繞了一大圈現在才是重點是怎樣啦！啊靠，我每天上班就已經遇到夠多把來急診當來自己家，連自己哪裡不舒服都不知道的病人了，我現在在諮商還得跟這種人——這種冥官玩耍是怎樣啊！

我把桌上的茶當酒一般一乾而盡，茶杯大力地敲在桌子上。這回連宋昱軒都不敢插嘴勸我冷靜。

「你們部長劃傷部長夫人的臉之後呢？」我有預感故事還沒完。

「……然後對面老闆就跟我們部長打起來了。」

「最後誰贏了？」

「嗯……我們兩邊把各自的部長拉開了，所以沒有勝負之分？」

我好想嘆氣啊！

雖然說我是負責誘導說話的（無牌）心理諮商師，但是一直這樣鼓勵對方說話心好累啊……

「所以你們兩邊的部長就在鬧脾氣了嗎？」

宋思年低頭思索了一會兒，才開口說，「與其說是鬧脾氣……更像是互相覺得對不起卻不敢開口吧？」

聽到這裡，我在病歷本第一行「主訴」那一欄位寫下這個個案來找我的原因：**兩家死要**

面子的部長不願道歉，波及下屬，使得個案追女友受到阻撓感到困擾。

「佳芬，妳打算怎麼處理？」宋昱軒皺緊眉頭，似乎在擔心這種案子會不會太棘手。

「簡單！」我想也沒想就寫上了這個個案的處置，「管他事實緣由是否真的如宋思年所說……先讓他們兩個冥官打完再說！」

我早就想這麼做啦！單位主管不和關下屬屁事啊！把你們兩個關起來自己打一架解決所有的恩怨情仇最快啦！下屬很可憐別搞我們行嗎！

宋思年

主訴：兩家死要面子的部長不願道歉，波及下屬，使得個案追女友受到阻撓感到困擾。

處置：讓兩家部長打完！

寫到這裡，我抬起頭問我的小助理，「我們是不是有很多需要打一場才能解決問題的個案？」

宋昱軒開始細數道，「夫妻失和、朋友之間誤會、下屬對上司的不滿……大概有十幾個類似的個案。」

聽完我雙手合十，用極度愉悅的心情說：

「那就全部都一起來打吧！」

看到今天的預約個案的名字，我就先嘆了一口氣。

今天是白無常回來找我的日子。有時候，他們兩位不一定是來尋求諮商，只是來聊個天。但今天八成是來諮商的。

所以我才想嘆氣。

風鈴響起時，我很快就打開了大門，「哈囉，今天是來聊天還是諮商的呢？」

「算是來諮商的吧？」一身清雅白衣的青年走了進來。上頭寫著「一見生財」的白色高官帽被他抱在臂彎，另一手則執著羽扇。

「那就坐吧。」我轉身從櫃子裡抽出白無常的諮詢紀錄，因為是較久的個案，所以他的紀錄比別人的厚上許多。

「應該很少有冥官的紀錄比我厚了吧？」白無常依舊是一臉無害的笑容。這個笑容走出去真的是會造福廣大的女性同胞。

真心懷疑冥官是用長相來挑的……幾乎每一個都是中標以上！我到目前為止還沒有看過一個長相普通的冥官。我對人類男性沒有興趣一定是因為我看帥哥看到麻木了。而白無常又是整個冥府公認最美型的冥官。

讓我們把鏡頭轉向坐在我對面的白無常，一頭烏黑亮麗的長髮垂掛在精緻的臉蛋旁、東方氣息濃厚的鳳眼配上細長的濃眉成就了比男性陰柔，比女性還嫵媚的外貌、修長的手指正輕輕搭在淡淡的朱唇上，似乎在思索些什麼。

我第一次看見白無常的時候是十五歲。我很老實承認，那個時候我的少女心爆炸了。

「你在想什麼？」我隨口問道。就算這張臉我已經看了十年，有時還是禁不住多欣賞幾眼。

「啊，我在想無救一個人可以嗎？」

「可以的啦！你們都做這一行多少年了！」說不定黑無常一個人會更輕鬆就是了，「如果你擔心的話，要不要先過去看一看呢？」

「可是……我不就是被無救趕來跟妳聊天的嗎？」白無常有點心虛地說，看來老問題又發生了……

「你最近還是見人就想揍嗎？」

很可惜，這個美男子常常控制不住自己想揍人的慾望，但是冥官傷人是大忌所以這是迫切需要處理的問題。

……或者說，是我需要負責的問題。

民間傳說流傳白無常是個心地善良，樂於助人的好人。如果見到他可以對他砸磚塊，他

會拿身上的金元寶回敬你，直到他身上的金銀財寶都丟光為止。

我實驗過，這是真的。但是丟給我的金子我全還回去了，還附帶一句：「白痴嗎！人家丟磚塊你丟金子，這樣大家不就沒事也會想欺負你了嗎！堂堂的白無常這麼好欺負的啊！」

自此之後，丟白無常磚塊就沒金子拿了，只會再收到磚塊或爛泥巴，現在的話或許會收到拳頭吧？

至於揍人的部分嘛……民間流傳著白無常是個心地善良，樂於助人的好人，但沒有人說過他是一個很極端的人。

緣起於有一次（那次甚至不是諮商只是聊天），白無常對我抱怨一個毆打同居女友的小孩致死的畜生，他說：「那個男人好過分……孩子就這麼死了。」

我回敬一句：「那就揍下去啊！偷打個幾拳應該沒事吧？」

那個時候的我甚至不知道冥官傷人是大忌，然後白無常就揍上癮了。即使明知過後會挨鞭子也要揍。

我現在最想揍的大概是年輕不懂事的我那張嘴巴！

我對不起普羅大眾，民間傳說跟現實不一樣是我的錯。

——但是那些人渣活該被揍！

我翻開紀錄簿，開始找出上一次的諮商日期，「必安，你這次是三個月就回來了，上一次教你的沒效嗎？」

黑白無常很有名，所以很多人都知道他們的真名。就好像黑無常叫范無救，白無常名為謝必安，這個網路上搜尋一下就有了，因此他們也不避諱別人喊他們的真名……但我猜有可能是他們的朝代太遙遠了，不太想說。

一定是不服老，想當初他們可是讓十五歲的我喊他們「無救哥哥」和「必安哥哥」。十五歲的我真天真啊！

「妳是說想揍人的時候就從一百減七減到冷靜下來為止嗎？」對面的白衣美青年皺起了眉頭，「可是數得有點多次了，都已經能夠背出答案了。」

你是有多想揍人啊！

「我就不明白，為什麼我不能揍人。我在定義上是冥神不是冥官啊！可是我還是得遵從冥官的規矩。啊有些就真的很欠揍啊！死者剛闔上眼，我們連接都還沒接走，家屬就從原本哭哭啼啼變成在吵遺產，妳知道這對新魂很傷嗎？你們老爸還在旁邊看啊！」可能平常無從宣洩，白無常每次在我這邊就是狂發牢騷。

「還有，上個月才遇到一個，年輕爸媽只顧著玩電腦遊戲，小孩都沒好好顧，結果小孩餓死了他們還在刷副本！要知道好幾百年前生活條件比現在差上很多，我接到的小朋友新魂還沒有那麼扯的死法！」

類似的事情白無常也有抱怨過一次……應該說很多次。

我繼續聽著白無常的抱怨，反正他有時就真的只需要一個人聽。他抱怨給其他冥官聽話就像是在跟工作夥伴抱怨，而且絕大部分還是下屬，這總有不妥。同進同出的黑無常絕對不可能想再聽一次。所以這些事情對一個完全局外人抒發是最自在的。

至少白無常對陰氣的控制力比其他冥官好多了。他口沫橫飛說了一大堆，我頭頂的日光燈都沒有晃過一次。

大概是說到了一個段落，白無常略帶苦惱地搔了搔長髮，「……好像都是我在抱怨呢。」

「我的角色就是聽你說，然後適時給你意見不是嗎？」

「也是啦……」

「不過這樣不是辦法呢……你就不能稍微自制一下嗎？想想你的民間形象啊……」已經給過很多次的建議了，從人類適用到冥官適用到兩個都不適用的都給過了，還是那麼衝動，我是能怎麼幫忙呢……

雖然說黑無常還可以攔一下……但壞就壞在——

「之前遇到被好朋友出賣結果身敗名裂死於討債集團之下，那個靈魂受傷到我都不忍心看。那一次就連無救都舉起了拳頭。」

壞就壞在，遇到太誇張的案子時，黑無常也會一起捲起袖子。

正因為如此，在我的建議之下，黑白無常的身邊有跟著一個專門在兩位大人理智線斷掉時負責阻攔和通報殿主的人。這種工作的心理創傷，看他那比白無常厚兩倍的諮詢紀錄就知道了。

「佳芬在工作場合都不會遇到那種想揍人的案子嗎？」黑白無常時常進出急診室，所以在急診室遇到時還會互相打招呼——當然，我只是眼神示意一下。對著空氣打招呼可是會嚇壞一票同事啊！

「怎麼可能沒有！」想到就來氣，「就跟他們說等等要做檢查不要吃東西，啊八個小時不吃東西也不會死人就是不聽，還在那裡跟我說『可是婆婆一直跟我喊餓』！還有把點滴架當曬衣架的，說了好幾次都不聽（以下省略三千字）……如果沒有法律的話我也是很想要一巴掌蓋下去啊！」

「我好想揍人啊……」白無常趴在桌上哀號中。

「我也是……」我也跟著趴在桌上，外加充滿所有怨念地嘆氣。

連冥官都不能揍……到底為什麼人類能夠那麼偉大啦！

「叩叩！」

「有人，請晚點再來。」我今天預約的不是只有白無常一個冥官嗎？不過冥官臨時過來的情況還是會有的，所以也不會感到意外……

我比較意外的是為什麼又有一個白痴不懂得什麼叫做「吹動風鈴」！

白無常掃了一眼門口，眼底閃過一抹警戒，「佳芬，妳最近有惹過人嗎？」

「沒有吧？我一直都很安分啊？」我很有自知之明自己什麼也不會，就只是個有陰陽眼的普通女生，所以也不會去招惹誰。惹到某個大牌的內境人士我就吃不完兜著走了！

白無常示意我跟上，他緩緩地打開了木門，木門外沒有人，卻有一個紙箱，紙箱裡裝了一隻貓。

死掉的貓。

而且是剛死，因為牠純白軟毛上的血跡還是紅的。

「嘖嘖，真是個不懂風雅的人呢！」

啊幹這什麼形容詞啦！丟貓屍在我家門口我會說他惡劣噁心絕對不會說他不懂風雅！

白無常輕輕拂著貓屍，臉上沒有一點怒容，反而有點開心。但是貓都死了，我完全不知道他在開心些什麼？他沒經過屋主我的同意，就把紙箱抱了進來。

喂喂……我正想找專門處理動物屍體的單位啊……

「妳看得見嗎？」

「看得見什麼？」我反問道，可是我只看見白無常好像用臂彎抱住了某樣東西。但我完全看不見是什麼。他也不囉嗦，直接揭曉了謎底。

「動物的靈魂。」他說完之後，一隻貓的輪廓在他臂彎上浮現，從原本透明如玻璃般的幻影變成一隻正睡得舒服的白貓，純白的毛中唯一一塊鮮紅在背部，就是被刀子插過的地方。

白貓睜開了眼睛，牠的瞳孔正發著鬼魂特有的光暈。

「動物……也可以進入冥府嗎？」第一次看到動物的靈魂，我真的懵了。動漫有看過貓妖，但我可沒看過鬼貓啊！

「通常不會。不過這隻很可愛，我就留下了。」白無常彎起溫柔的微笑，修長的手依舊順著雪白的毛，「這麼可愛的動物為什麼要殺死呢？我有時都覺得自己越來越無法站在人類這一邊。那些做出傷天害理事情的人類，還配稱為人類嗎？」

「不配。」就好像有一次，見到十三歲的女孩被學校老師帶進了急診，因為女孩在放學路上回家，被拖進地下室強姦，懷孕了。犯人還在那邊辯說如果不是她的校裙那麼短，他會對女孩動手嗎？

這樣的人還是人嗎？

「君子報仇，十年不晚！人類會死，但是你不會！」我忽然想到了一個好方法，走進了房間翻了一陣子，才翻出了一個給淨色古裝青年不會太違和的筆記本。

我可不想送滿滿迪士尼公主的筆記本給他做這種用途。

「這是……？」

通體黑色的筆記本上面只寫了「死亡筆記本」五個字，是某個動漫周邊，買來我也捨不得用，但此時送給白無常再適合不過了。

「你就把你想揍的靈魂名字寫下來，在他們死掉的瞬間就可以隨便你揍了！」

聽到這個方法，白無常原本有點憂鬱的面容都亮了起來，「而且鬼不會再死一次，我就可以把我這麼多年的絕學全數使用在鬼魂身上，還能翻倍！」

活著的時候真的不能做壞事啊……眼前的白衣美男子馬上跟我借了筆，我也把他留在餐桌邊，讓他寫出那些未來預定的揍「鬼」名單，而且有越寫越長的趨勢，轉眼就翻了第二頁。

我是不知道冥官能不能用私刑啦……但是白無常沒否決我，就代表可以？

現在，貓的屍體我該怎麼處理呢？

——到底為什麼要丟貓的屍體在我家門口啦！至少留個威脅紙條讓我有個究竟惹到誰的線索也好啊！

謝必安（白無常）

初步診斷：無法控制的揍人念頭。

治療評估：數數字方法失敗。

處置：現改用「死亡筆記本」療法。續觀。

我雙手叉腰，看著被紅色油漆潑成藝術品的家門。地上散落著冥紙，有些甚至黏附在油漆上面。冥紙背面不忘寫了個大大的「死」字。

這次因為太顯眼了，附近的鄰居都走出來看熱鬧，也免不了窸窸窣窣的閒話。連我家房東都被驚動了。

「佳芬？」

「啊，麗月阿姨。我……」

「沒關係，我已經報警了。」房東太太柔聲安撫道。「妳這一定是被點錯相了。」

我也很想大喊我是被點錯相啊！但是我由衷覺得這真的是針對我而來的。好幾封收到的死亡威脅信都寫了我的名字，還附帶了我在醫院急診室工作的側拍，彷彿告訴我他們已經徹底掌握了我的行蹤。

「那個……我會想辦法恢復原樣的……」

「這個錢我出，佳芬妳就好好上班，不用顧慮太多。」

我的房東真的是個好人啊！但也代表我不能再給她添麻煩了！只不過，我實在想不出自己到底惹到了誰。但是，如果是這麼「科學」的威脅，那麼應該就是普通人所為，我也不好去麻煩宋昱軒或蒼藍，就算交情再好，也要考量到前者還有行刑人的工作要做，後者貌似最近在段考的水深火熱中。

自己看著辦吧！不是內境人士或鬼的話一切好辦！

「真的很謝謝麗月阿姨，那我就先出門了。」

與其說是上班，不如說維持一貫的生活作息，不讓對方感到困惑，這樣他才能趕快執行他的報復。自己速速送上門，我也才能趕快解決掉他。

就這樣，我規律地上下班兩個禮拜之後，人總算出現了。

我關上早已經恢復原樣的大門，獨自一人走出大樓門口。我上的是大夜班，這個時候已經接近午夜，馬路上不再如白天般人來車往，就算走在大馬路中間也不會被撞。

所以當一輛廂型車在我身旁急煞停住，再有兩個大漢跳下來把我架上車的時候，前後左右都沒有人目擊，也沒有人能幫我報案。

被架走的時候，我心中唯一的想法大概是：為什麼不要挑下班途中綁我？這樣我就不用請假了。乾，臨時請假很麻煩還要我浪費為數不多的假期。雖然心有埋怨，但我還是很配合地被抓上了車。

「救命啊——」就算自己是有意被抓的，假裝叫個一兩聲是必須的，再蠢都得叫。

廂型車的玻璃是特製的，不僅內部往外看一片黑，我相信從外面看也只會瞧見一部搞神祕的車子。我與駕駛座中間也隔了一個板子，完全不知道正被帶往何處。

我被兩個大男人夾在中間，一聲也不吭。

不是不敢吭喔！我現在需要保持一個文弱小女生的形象，順便再祈禱這幾個人沒去過醫院急診或者住過院。不然我真的發現有些民眾對我們護理師有點誤解，都覺得我們很溫柔且隨時保持一顆悲天憫人的菩薩心腸……

……最好啦！

駕駛往後照鏡看了一眼，剛好與我對上眼，「嘖，是小護士呢！我第一次知道豪哥喜歡這一味。」

「這個是把豪哥供出去的人啦！他還是比較喜歡胸部大的，這一看就知道沒什麼料，還那麼矮，活像個未成年。」

你們自己聊天就聊天，可以不要對我人身攻擊嗎……

「哼哼，這種正義魔人，不受點教訓都不知道自己惹到了誰啊！」右邊的男子粗魯地扣住我的臉，濃烈的菸味和酒味撲鼻而來，牙齒也沾滿了檳榔的紅，一陣噁心感在我的胃裡翻騰。

我好想建議你去做口腔癌篩檢啊先生！離我遠一點行嗎！我真的很討厭香菸的味道啊！

「你們、你們抓錯人了！我不是正義魔人——」

「就算我們抓錯人，也是妳衰。」車裡的男子笑成了一團，在我左手邊的男子一手拍在我的大腿上笑道，「妳該不會天真地以為我們會把妳放走再去抓對的人吧？在妳看過我們的臉之後？」

嗯……如果是我，我應該也會殺掉滅口，如果我沒有任何後顧之憂的話。

我真的不是教科書上典型的富有愛心的善良護理師，不然我就不會兼職冥府心理諮商師了。

廂型車行駛三十分鐘後總算停下了。押著我的男子一定沒有女朋友，因為他很粗暴地把我推下了車，差點害我跌了個狗吃屎。地點應該是某個倉庫，周邊堆滿了許多紙箱和雜物，上面的燈還很不環保地大亮著。

「豪哥！這個就是你要找的簡佳芬。」

「嗯。」被喚為豪哥的壯漢雙手和雙腿都刺滿了龍鳳，其中最顯眼的，大概是橫過整條手臂，剛好把龍截成一半的長疤。

他居高臨下地瞪著我一秒、兩秒、三秒……

「殺掉。」

欸？欸！這麼簡潔明瞭嗎！壞人不是都要講一大堆廢話嗎！

不等我反抗，把我載過來的小弟已經拿了刀子湊了上來。

「殺我的話你絕對會後悔喔！」或許是因為我太過冷靜了，語氣甚至帶有一絲愉悅，圍過來的小弟動作稍微遲滯了一下。我趁還能動嘴的時候繼續運用自己的口才。

「告訴你，你絕對會希望我活著。我平常跟地獄的大家很熟，如果黑白無常過來銬魂結果發現是我的話……好啦，他們是也不能對你們怎麼樣，但是事情傳到另外一個能人耳裡，他會把你們怎麼樣我就不知道了。」

我自己都覺得自己在胡言亂語，但其實我句句都是實話，一個字也不假。

「已經嚇到胡言亂語了嗎？」

「我沒胡說啊！」我慢慢地往牆壁退，「至少告訴我到底惹到了你們什麼，如果真的是我的錯我活該，我還可以幫你們跟閻羅說上兩句，讓他刑罰不要判那麼重喔！」

我一邊尋找可以逃脫的方法，眼角餘光瞄到了熟悉的車牌，見到那個車牌我就全部明白了，但更讓我放下心的是站在車子旁邊的身影。

勾起了一抹微笑，我毫無畏懼地直視豪哥冰冷的眼神，「哎呀，原來是撞後逃逸的那位先生啊！林泓安小弟弟好苦啊，還一度被困住了，如果不是我指示他一道地獄大門，他可能還在路口徘徊不散呢！」

「那就更該殺掉了。」

他淡淡地評論。我依舊自顧自說著，「朋友，你應該要感謝我啊！我可是把泓安小弟弟

送到了地獄，不然他就會變成怨魂纏上你，要知道被怨魂纏上的滋味可不好受的……」

頂頭大燈忽然暗了下來，只剩下外頭路燈的餘光……

「比如說像現在這個樣子。」

——還有忽然在空曠倉庫響起的詭異歌聲。

垂髫束髮至弱冠，相逢有緣終無分，

曾諾鴛鴦比翼飛，僅留孤鳥無聲泣。

蔽顏紅冠遮赤瞳，迫嫁惡徒為門戶，

苦勞飢寒作飯吃，嫁入豪門又何如？

二女知難早明理，雙雙卻成棍下魂，

披肩麻布扎入骨，又留孤鳥獨哀啼。

展翅飛離速遭擒，火燒牢籠共成灰，

閨秀一生值幾錢？賤命聘禮百兩金。

歌聲甚是淒涼，頗有鬼片配樂的感覺。混亂的陰氣攪動著周遭的空氣，颳起陣陣寒風，忽地一個大紙箱被吹落在地上，發出的聲響讓眼前的好幾個大漢都嚇得跳起來。因為陰氣亂流的影響，不管是頭頂的日光燈還是車燈都不安定地閃爍，最後是車燈率先承受不住，爆出了一陣火花。

「怎——這是怎麼回事！」

「啊啊啊鬼啊啊啊啊——」黑暗中的這聲尖叫使得原本想殺我的大漢再也無法冷靜，紛紛逃出了倉庫。豪哥還強迫自己一臉鎮定地大吼著，「你們給我回來！世界上哪裡來的鬼——」

「夫君……」空洞的嗓音有如環繞音響般，不知從何處傳出。豪哥僵住了，因為他清楚看見一隻發著微微綠光的手緩緩從下方攀住他的脖子，往上輕輕地撫摸他的臉頰。

他僵住了，眼神直視前方，一絲也不敢飄移。

「夫君，你怎麼可以待我如此薄情……」一張焦黑的臉頰幾乎是貼在豪哥眼前，空氣中還瀰漫著神似烤肉的炭火味和肉味。豪哥就算害怕到想閉眼也不行，因為他的眼皮被女鬼撐開了！

「——我也是夫君結髮十年的妻子啊！」

「呀啊啊啊啊啊——！」壯碩的豪哥發出了如小女孩一般的尖叫聲，然後口吐白沫倒地了。

陰氣漸漸散去，大燈也恢復了原本的亮度。看著嚇昏在地上的豪哥，我臉上的笑意也就不藏了，對著女鬼比了一個大拇指，「詠詩，幹得好啊！沒想到妳挺有做厲鬼的天分！」

被火吻過到見骨的模樣從她臉上褪去，不一會兒就變回了一身領路人制服的唐詠詩，她禮貌地對我行了個點頭禮。

「簡小姐您過獎了。」

「嚇嚇他們而已，不需要把生前的故事唱出來吧？」冥官生前的故事是很隱私的東西，其重要性不亞於他們的真名。但是這般敘述生前……

詠詩死時是唐朝年間，唐詩盛行很正常。雖然我這個三類組對任何詩歌的美學押韻不敏感，但是歌聲中滿滿的哀傷實在讓人難以承受，就算曲早已終了，壓在心口的悶塞感並沒有隨之而去。而且……

「……唐詩能用唱的嗎？」

唐詠詩很認真地回應，「單純吟詩沒有什麼恐怖的感覺，隨便捻個小調哼一哼比較有驚悚感，而且隨便唱的音律會不和諧，效果更佳。」

好啦……詠詩也是為了救我才玩花樣的，反正她自己唐朝人都不計較了，我計較唐詩能不能唱幹嘛？

「我不是武官，只是一個小小的領路人，陰氣不如武官強大，只能用這一招強行增幅了。」女冥官溫柔地說，隨後補上，「不過之前簡小姐提議舉辦的武鬥大會，我也有報名文官組，稍微試試看。」

武鬥大會就是上一次要讓所有互相有仇有過節或者不打不相識的冥官打一場的大賽。我跟殿主們提起要辦這種賽事時，所有殿主玩心大起，更是一口氣把規模拉到全冥府參與。

至於分「文官組」和「武官組」是我提議的，不然武官大概會把較文弱的文官壓在地板上打。我可不想過後接到一堆心靈創傷的個案。

「很好啊！下去玩一玩也不錯。」雖然昏倒在地上的那位三分鐘前好像想殺我，但我好歹也是一個急診護理師，看到昏倒的人不做個叫叫CABD實在對不起自己的專業。

這完全是職業病。

「先生！先生！」沒醒（我也不希望他現在醒來）再摸一下頸動脈……心跳有，呼吸也穩定。那就用他自己的手機叫個救護車好了。

「簡小姐有收到參加邀請嗎？」

「我是評審。」我拍拍手從豪哥身邊站起，毫不避諱地回答。反正全冥府都心知肚明我會被邀請做個評審，只差沒有正式公告而已，根本不需要隱瞞。

「妳怎麼會知道我在這裡？」危機解除之後就是開始寒暄的時候。

「宋昱軒麻煩雅棠前輩照看一下，可是今天雅棠前輩有點忙，所以讓我出來盯著妳。」

「……都說過多少次，我不需要人跟著！」

「這句話妳大可跟閻羅王說。」

我跟他說就沒有用啊！我已經算不清我拒絕了多少次了，卻總是能看見宋昱軒在我身邊徘徊，次數多寡的差別而已。

「我投降、我投降。」無奈地舉起雙手，腦海忽然閃過詠詩的回診日期好像就在最近，我順便問了一句，「最近在人界過得如何？」

「雅棠前輩和新同事都待我很好，雖然修練並沒有跟上領路人的要求，但我會努力的！」

看見詠詩這般適應良好，我也備感欣慰，但我可沒忘記詠詩一開始調職的原因。

「那麼妳老公出軌的事情呢？妳現在對老公有什麼想法嗎？」

「我還在嘗試習慣……習慣生活中沒有一個必須侍奉的男人的日子。」詠詩做出了一個「請」的手勢，示意此地不宜久留，我也不介意死裡逃生後的回家路上有個冥官談心作伴。

昏黃路燈照亮的大路上只有我一個人的影子。唐詠詩是鬼，不會有影子，但我卻能看見在燈光的映照下，她身上散發的自信和果決，不同於第一次我見到的無助，也不如上一次回診的徬徨。

「聽過了那首歌，想必簡小姐也十分了解我的故事了。」詠詩頓了一下，又接下去說道，「我生前所愛的人被夫家殺了，所以在我死後，又有一次機會去愛人的時候，我選擇往死裡愛、義無反顧地愛、無私奉獻地愛。並相信現在那一位就是我的命中注定，沒有任何東西可以拆散我們。這是我的選擇，我不能回頭，也不會回頭。」

「但是生前的經歷並沒有教會我，愛情是會變質的。我也一直覺得在愛情裡委屈求全是必然的……直到簡小姐讓我離開冥府那個家時，我才發現，沒有男人的日子我也是可以過得很好。雖然少了一個侍奉的人有點彆扭，但我的確開心了許多。」

聽到這裡，我由衷地笑了。

這是一個成功的諮商。見到個案從自己的心魔解脫，就是我這個冥府心理諮商師的成就感來源。

「那妳什麼時候離婚啊？」

「快了吧？但是我得先想辦法把我的錢討回來，遊魂服務中心已經有好幾個人組隊要幫我討回公道了。」

唐詠詩如陶瓷般的臉蛋望著我，此時的她比之前我見過的任何時候還要美麗。

「簡小姐，真的很謝謝妳——」

世界彷彿被按下了慢速鍵，唐詠詩往後倒下，連帶著自她胸口穿出，散發著黃色光暈的箭矢。

美麗的領路人瞪大了眼睛，沒有尖叫亦無呻吟，盤得整齊的髮髻散了開來飄散著……

「詠詩、詠詩！」我嘗試抓住唐詠詩向後仰的身體，完全忘了她是一個沒有形體的冥官。她的手如雲煙般穿過我的手，在整個人碰觸到地板之前，便化為與她身上光暈相似的點點綠光，消散在空氣中。

那麼多綠色光點我一個也抓不住。

「不！」我首先想到的是找來幾乎萬能的蒼藍，再來是宋昱軒……

我翻出手機，撥出蒼藍的號碼並按下擴音就丟在一旁，雙手沒有閒著趕快掏出常備在身上的冥紙紙鶴和打火機──但是一枝細小的箭矢射破了打火機，又有另外一枝穿過了紙鶴，尾端還連有魚線，紙鶴就這樣眼睜睜從我手上被拉走。

原來不是普通的箭，而是偶爾會在電視節目上看到的魚槍。

我回頭要撿起手機，但是手機上頭也插著了一把短箭，正式變成一塊廢鐵。

「真是有趣啊……與怨魂混在一起的人類。」背後忽然響起一個年輕的聲音，我嚇得扭過頭，後退了好幾步，一個踉蹌跌坐在地上。

來人是一個年約三十的年輕男子，身材很高，臉上有著混血兒立體的輪廓。代表內境人士的深藍色長版外套隨性地掛在肩上。他張開手掌，冥紙紙鶴在魚槍的牽引下落在了他的手中。

神秘男子把玩著紙鶴，研究著裡頭的玄機，但他很快就發現那不是一般的紙鶴，而是由冥紙摺成的。

「把紙鶴還給我！」

「這是召喚怨魂的法術，只有怨魂能夠製造。可是上頭的力量波紋與方才消散的那位完全不一樣……」

「詠詩是冥官，不是怨魂！」我大吼著，「你殺了詠詩！」

「這位小姐還請妳清醒一點。剛剛那一個是鬼啊，早已經是死人了，怎麼可能是我殺了她呢？」一邊說話的同時，神秘男子很要命地把紙鶴拆開——

「不可以！」那裡面是宋昱軒的真名啊！就連我也沒有看過，認識宋昱軒那麼久都不曾聽他說過的真名！我拚著腎上腺素的作用，用上畢生最快的速度想要在他窺視那個名字前搶走紙鶴——

——但是我忘了內境人士都有些魔法技能可以玩。

我撞上了透明的牆，因為太過用力，嘴裡嘗到了鐵鏽的味道。我想要繞過這道隱形牆，卻很快就發現自己被困住了。

我捶打著看不見的牆壁，絕望地嘶吼，「不行！那個不是你能看的！」

我眼睜睜地看著神秘男子把冥紙攤平，見著上頭的名字的時候，他饒有興致地挑起了半邊眉毛，訝異道，「我真沒想到會是這個名字啊！對我而言就可惜了，這個名字太有名了無法用任何魔法約束——」

有名？

「我說閻羅，你的名字我連維基百科都找得到，不管是電視劇還是小說都有你的名字，那你是怎麼抵抗內境人士的喚名啊？」

曾經有這麼一次，我問了閻羅王這個問題。我就不相信沒有內境人士不會異想天開去召喚個閻羅王來使喚。

「這就是自己功力深厚的問題了。會栽在喚名法術的歷史人物冥官都已經成為歷史了。被多喚幾次就知道怎麼抵抗了。」

那麼，宋昱軒他……

忽然，神秘人士的冥紙憑空燃起了熟悉的白色火焰。神秘男子驚恐地鬆手，巴不得離白炎越遠越好──

「純淨之火？」他厭惡地說。「怎麼會出現在這裡！」

「只能說算你倒霉吧？啊……讓他知道紙鶴是我燒掉的絕對會被他嫌棄啊──」

「蒼──」

「姊姊，名字是有力量的，不好隨便亂叫喔！」憑空出現的寬闊背影擋在我與內境人士之間，他一個彈指，把我困住的透明牆壁發出玻璃破碎的清脆聲響，但是很快地我發現周遭的「感覺」改變了。天空彷彿變成了馬賽克般一塊塊的黑與藍與灰交錯，就連呼吸也漸漸變得困難，好像吸進去的不是空氣而是水……

「玩空間法術的嗎？」蒼藍絲毫不受影響，不屑地說。他的身周燃起白色火燄，腳下的那塊也蔓延到我身旁環成一圈，當圓圈頭尾接上的時候，我的呼吸也順暢許多了。我馬上大聲警告，「小心！他殺了唐詠詩！」

「唐？所以是冥官嗎？」蒼藍的眼睛危險瞇起，「現在消滅冥官是一種流行嗎？」

「我才驚訝，一個如此強大的道士竟然與冥府的強權友好。更何況是純淨之火的持有人……這樣你是要怎麼對得起黎家的列祖列宗呢？」

「抱歉，我姓魏，跟黎家沒有任何一點干係。」我以前從來不知道自己常沒事聊天有事求幫忙，還千方百計推坑我星之海魔法少女的肥宅高中生竟然能用這麼冰冷的語氣說話。

我是知道蒼藍很強，但是強大的背後——

他側過臉望了我一眼，眼角依然是玩世不恭的蒼藍，還隱隱帶著一絲溫柔……這絕對是我的錯覺。

「姊姊，接下來就不是妳應該涉足的世界了。好好睡一下，請假我會幫妳搞定。」

「等等！不要——」

「——不要弄暈我！」

棉被從我的胸前滑落，我才發現我是在自家床上。

詠詩、詠詩她消失了……所以方才一切都是夢嗎？我打開錢包，宋昱軒的紙鶴還在原處，但是昱軒他可以自己補回去，手機也是完好如初，可是我知道蒼藍把全毀的手機修好只

在一個揮手之間。

我急忙換上外出服，抓了鑰匙衝了出去，搭上了公車就往領路人服務中心前去。

我推開大門，服務中心裡的領路人們看見我時都愣住了。

「佳芬？妳——」

「詠詩人呢！」不等雅棠說完，我抓住雅棠的手，此時的雅棠竟然別開了臉，不敢與我對上視線。而她剛剛匆匆擋住的位子，正是詠詩原本的辦公桌，此時空得很乾淨。

雅棠的聲音很輕，「佳芬，詠詩她已經消散了——」

「不！不是這樣的！你們是冥官，不是怨魂，為什麼會消散，為什麼會被消滅！詠詩她——」我喉頭梗住一口氣，等再度發出聲音的時候已經是泣音。

「詠詩她才剛要開始好好過自己的生活啊……」

「靠，宋昱軒那傢伙怎麼沒把人看好——情況是有這麼糟嗎——」大門忽然敞開，沉重的腳步聲急奔到我身邊，抓住我的雙臂強迫我面向他。

「佳芬姊，妳冷靜一點！這裡是遊魂服務中心，進來的遊魂見到妳情緒激動的樣子很容易變凶的！」

「蒼藍，詠詩她——」

「我知道，那是對死者最惡劣的法術，就算我在場我也無法阻止她的消散。」被蒼藍這麼一說，原本就很安靜的服務中心變得鴉雀無聲，一絲絲害怕的氣息瀰漫在空氣中。

「詠詩是為了救我唱出生前故事，才引來內境人士，才成為目標的……」

「佳芬姊，詠詩的消散不是妳的錯——佳芬姊！」見我失了神，蒼藍用力搖晃我的身體，逼著我看著他的雙眼，「妳不是急診護理師嗎？生死離別妳看得最多不是嗎？妳的心理素質是怎樣在急診室工作的！」

「那不一樣！」我掙扎著想要從蒼藍的大手之間脫身……該死，為什麼最近每個人力氣都這麼大！

「活人會死，但我可不知道你們也會消失！」

我完全沒有心理準備……我以為冥官會一直陪著我，冥官是唯一我不用擔心會再也見不到的朋友。

但是現在，詠詩消失了。在我手上的，就只剩下她的諮商紀錄。

「佳芬姊，內境和冥府之間的摩擦早在妳出生前就開始了。所以這一切都不是妳的錯。」蒼藍雖然小了我八歲，但比我高三十公分，使得我得仰頭才能對上他的眼睛。到了如此近距離，我才發現蒼藍有戴角膜變色片。

「但是，我會在這一世好好把這一件事了結掉。所以佳芬姊，妳是冥府重要的人，妳要好好保護自己，不要亂提掃把出門想要幫詠詩報仇，懂嗎？」

蒼藍像叮嚀孩子一般叮嚀著我，沉穩的聲音洗刷掉我內心的恐慌。

我又沒有那麼笨會自己去招惹內境人士！但我承認心裡有那麼一個角落真的想要幫詠詩復仇……

「魏蒼藍大人說得很對，」晉雅棠白皙的手伸了進來，輕輕按在我的手背上，冰涼的觸感從肌膚另一側滲進來，更加提醒我他們不是活人的事實，「佳芬是我們冥府重要的人，請一定要好好保護自己。妳是我們冥官唯一一位心理諮商師，動用武力的事情交給其他人解決就夠了。」

蒼藍忽然用力地打在我的背上，力道之大差點沒讓我吐出來，「好啦，佳芬姊，我們趕快離開遊魂服務中心吧！再待下去我就得順手幫他們收拾轉化的怨魂了……我好懶完全不想要動手喔！是說離這裡三條街之外有一間鬆餅店，評價還不錯，要不要順便吃吃看？」

「然後是我付錢嗎？」我無言地看著提議去吃鬆餅的肥宅。就算眼前這個肥宅再萬能，他也只是個高中生，有出社會賺錢的反而是我，最後付錢的也只會是我。

「當然啊！佳芬姊真聰明！話不多說我們快去吃點心吧——」

「竟然在我們面前提到『吃』，你真的很沒有禮貌耶！」

「我會記得燒給你們的啦！」

「然後又是我付錢嗎！那間不便宜耶！你當我錢賺很多是不是！」

在我的拳頭伺候和領路人的群起吆喝下，蒼藍抱著頭逃出了遊魂服務中心。

我知道他們都想把氣氛搞得歡樂一點，想讓我暫時忘掉唐詠詩。但是……

我讓宋昱軒把放在冥府諮商小屋的紀錄拿上來，幾張薄薄的紙潦草地寫著唐詠詩的困擾與心事。我拿出另一張白紙，盡可能詳細地寫下詠詩消散之前對我說的話——還有那首被詠唱的唐詩。

唐詠詩

診斷：丈夫外遇，想挽回婚姻。

治療評估：離開渣男成功，已理解愛情並非全部。

備註：諮商成功，但是個案消散。已結案。

當一切都紀錄完後，我把這幾張薄紙裝訂在一起，放進標明「已結案」的資料夾。

「——芬，佳芬！」

「是！」我尋找叫聲的來源，卻發現小魚擔憂地望著我，「佳芬妳還好嗎？」

「——還好。」

「如果太累或者真的有煩心的事情就說一聲喔！」小魚說。「妳最近的臉色真的很不好。」

是真的挺不好的……雖然我努力說服自己忘掉唐詠詩，但是我一閉上眼睛就會想起我沒能抓住的點點綠光……

「嗯……」小魚沉思了一會兒，隨即就先被電話聲打斷。

「OHCA（院外心跳停止），三分鐘後到。」小魚馬上收起閒聊的心情，早就對流程極為熟悉的她還能伸個懶腰，老神在在地說，「還有三分鐘，找人手準備東西吧！妳們幾個手邊東西先放下，進來幫忙。」

小魚所謂的「妳們幾個」也點到了我。這種急救需要準備什麼，多做幾次自然就很熟悉了。每個人確認自己準備的東西和等等的工作不會重疊之後，就各自備好物品待命。

急救床很快就推了進來，專門壓胸的機器還在努力地壓，病人的眼睛是睜開的，毫無焦距地望著虛無，瞳孔都已經放大了。我負責的是打藥，每三分鐘打一支強心針。醫生每兩分鐘檢查一次螢幕，但是每次檢查，心電圖依舊是拉直的一條線。

本來就救不回來啊……黑白無常都來把魂魄銬起帶走了，我難不成要干擾冥府的行政作業，去跟黑白無常打一架奪回來嗎？還魂這麼中二的事情連蒼藍也不會去做。

為什麼……為什麼我為早已死亡的冥官哭泣，卻不為眼前消逝的生命流淚？

「佳芬，三分鐘到了，Bosmin 打了嗎？」

我猛地回神，趕忙推藥，推完藥機械式地回應，「Bosmin 一支 IV push 給了。」

三十分鐘後，我手上的強心劑已經打到了第十支。

「我出去跟家屬解釋。」指揮現場的醫師走出急救室，我還能隱約地聽到醫師在那邊說，「我們已經急救三十分鐘了，可是病人還是沒有救回來……」

醫師再度走進急救室，對我們比了一個「停」的手勢，壓胸機器停止，急救室呈現一片寧靜。護理師同仁分別把病人身上的針和管路移除。

「佳芬，趕快拔針啊，發什麼呆？」對面的同仁提醒，還不忘關心道，「妳還好嗎？」

「我沒事——啊！」

靠……要跑針扎流程了啊！我能感覺到整個急救室的護理師很無言地看著我。我自己也很無言地看著自己正在流血的手指，完全搞不懂自己是怎樣被軟針扎到的。

「佳芬……」

「我自己重新上一條抽血……」再加上等會兒去跟外面的家屬解釋為什麼我又要多抽那麼多管的血……希望家屬不要太計較。

「佳芬，妳真的不大好耶！有事要說妳知道吧？」

「我知道……但我真的沒事。」我這次的確很小心地使用針具……

但是一方面，我真的很想問急診室的學姊們……

「小魚，妳什麼時候開始對死亡如此淡定的？」

小魚是急診專科護理師，經驗絕對比我這半個菜鳥還要豐富。只見小魚連頭也不抬，扳開病人的眼皮用筆燈確認瞳孔大小，死者擴大的瞳孔毫無生氣，看久會有毛骨悚然的感覺。

「淡定……看多了就淡定了啊！我又不可能為每個死去的人哭泣，哭也救不回他們。」

「——可是如果是自己認識的，說不定還是會很難過吧——學姊，我去通知往生室上來喔！」另外一個學姊插進對話，「之前我爸過世的時候，我也哭了啊。自己也蠻意外的——佳芬是最近有家人過世嗎？」

「……朋友。」我把手上的試管裝滿病人的血，一個換過一個，「一個很少見面的朋友，很突然地就……」

「佳芬，妳完全有資格難過。」小魚脫下手套拍了拍我的肩膀，「我們雖然看慣生死，但不代表我們要鐵石心腸。不過還是不要讓妳朋友的死影響工作喔！不小心感染到什麼病就糟糕了。現在乖乖去跑針扎流程吧！」

「真的！針扎超麻煩也超恐怖的！衰一點不小心就去了。」

「不要烏鴉嘴啦！快把東西收一收撤了，家屬要進來了。」

……我也有權利難過……嗎？

我在家裡的書櫃前翻著詠詩留下來的諮商紀錄，腦裡浮現的都是她最後的美。

「佳芬……」

「如果你是要問我『妳還好嗎？』，我的答案是『我不太好』。」

「其實，我是想問妳，服務中心那邊在辦詠詩的追思會，問妳要不要過去。」宋昱軒溫潤如玉的聲音在我背後響起，「雅棠前輩滿希望妳過去的。」

鬼的追思會……為什麼聽起來怪怪的？不過，既然是詠詩的追思會，我好像沒有任何理由缺席。「我需要帶什麼東西嗎？」問出口我就後悔了，會參加詠詩的追思會的都是冥官，帶食物過去好像很沒禮貌。

「嗯……帶妳平常『物理治療』會用到的東西好了。」

這就是為什麼我提著捆在一塊的掃把拖把烘焙手套和藍白拖坐在公車上。幸好這些東西都不引人注目，最多就是猜我剛去大賣場採購清潔用品，所以不會引來任何人的懷疑。此時的宋昱軒還是一身古裝，坐在我旁邊輕輕地把頭靠在窗戶上望著外頭的景色。

「這個名字太有名了無法用任何魔法約束——」

我身邊的冥官是歷史人物啊……就不知道是哪一位歷史人物了。昱軒的話是宋朝死的，但是他有提過他是五代十國那個年代出生……

三類組的我對歷史很不熟啊！五代十國到宋朝年間有什麼很有名的武官嗎？

「佳芬，我們要到了，記得按下車鈴喔！」

「喔……好。」

一到服務中心，我就看到斗大的幾個字貼在門上。

今天包場，找路的換別家。

下面還很貼心地附了另一個服務中心的地圖。

宋昱軒無視「暫停營業」的牌子，推了門進去，只見原本就寬敞的遊魂服務中心因為桌子全部推到牆邊更加寬敞了。中間空出了一塊，一群冥官拿著冥酒輕鬆地對談著，有些聊工作有些聊家務，看起來就像一般的聚會，完全沒有追思會的死氣沉沉……

「佳芬，很高興妳能來加入我們。」雅棠舉起手上的兩杯酒，「妳要人界的酒呢？還是冥府的酒呢？」

「呃……人界的酒好了。」這種狀態我或許需要一點酒精麻痺自己。

雅棠也遞了一個高腳杯給我身後的行刑人。領路人的現代穿著就算了，一個中式古裝男子拿著玻璃高腳杯，那個違和感實在爆表。但此時的我並沒有那個心情吐槽。

雅棠用筆輕輕敲酒杯的杯緣，吸引大夥的注意，「來，我們追思會要開始了，大家注意一下這邊。」她清了清喉嚨，平靜地說，「我們很遺憾，最新加入我們的唐詠詩在前幾天永遠地離開了我們。雖然詠詩加入時間還不久，但對我們而言，依舊是永遠的家人。」

冥官們低著頭，靜靜聽著雅棠的聲音迴盪著，我也一樣，腦袋裡閃過的都是我沒能抓住的綠色光點。

雅棠的語氣忽然變得憤慨，「詠詩既然走了，我們就要讓她了無遺憾地離開！帶上來！」抓到消滅詠詩的內境人士了嗎？可是宋昱軒從烏木門內拖出的，確確實實是一個男冥官，還被五花大綁。

「等等，各位帥哥美女等一下。我是詠詩的丈夫啊！現下最為傷心的應該是我才對吧？」

「但我們也知道你對詠詩做了什麼事，你這個負心漢！」雅棠魄力十足地大喝。「拔出武器！」

「我是無辜的啊！我什麼都沒有……」

有個聲音忿忿不平地大罵，「最好啦！詠詩消散的第二天你就跟人界的女孩子滾床單，就算之前的事一概不提，單就這件事我也要處罰你！」

「你還把她的錢都搶走了！」

「我們家詠詩嫁給你是給你欺負的嗎！」

雅棠忽然一手高舉，領路中心瞬間歸於寧靜。就在我以為雅棠還想說什麼的時候，雅棠只說了兩個字。

「開揍！」雅棠一聲令下，所有領路人的家當全招呼在詠詩的丈夫身上。突如其來的光景，害我呆在一旁完全不知道應不應該加入。

雅棠在旁邊推了我一把，「佳芬，妳就上去打啊！這個是讓詠詩死後不幸的男人，詠詩無法自己做的事情，我們幫她做！來人，把詠詩留下來的離婚協議書拿出來！」

完成已逝之人未了的心願……

我勾起微笑，戴上烘焙手套。冥官們見我走過去，很有默契地空出最接近臉的位子給我，讓我能夠盡情地揍臉。大夥還抓起可憐男性的手強行畫押，完成了離婚證書。整個追思會搞得好不歡樂。

我是不知道這樣子詠詩會不會感到欣慰，但至少讓我心情好過一點。

【第四章】

守護／被守護

「這是什麼？」

「武鬥大會的時程表。」宋昱軒在一旁乖順地說，還直接幫我翻到我需要注意的頁數，「妳看這裡就夠了，前面都是一堆廢話。簡而言之，妳下禮拜五把小夜和大夜調開，然後我帶妳下來。」

「我負責評哪個項目啊？」我對武術不了解，根本無從評分吧？

「這個妳不用擔心。」他翻到評審列表的那一頁，最下面一行出現了我的名字，而旁邊列著的評分項目是「娛樂效果」，而且是獨立於總分之外。

「妳的算是額外獎項，獲得娛樂效果前三名高分的會有另外的獎金。」

這樣看起來還不錯啊！就不用強迫一個局外人去點評不熟悉的項目了。

「這次報名人數很多，可能會辦上好幾個禮拜。但是第一天開幕式是宴會，所以——」

「你們又要灌醉我對吧？」

「才不要，喝醉的妳超級可怕。」看來上次喝醉真的嚇到他了，這次反對得還真徹底啊！

「——但是我們的酒對妳也沒什麼效果，妳就乖乖陪大家喝吧！」

「……」我無言了三秒鐘，因為是事實我也無法反駁，只好認命地回到冥府諮商上。

這次進來的人是個新個案，名字我沒有看過，臉也是陌生的臉孔，但是看得出來他很苦惱，緊皺的眉頭和拳頭沒有鬆開過。

「元奕容……請問今天你為什麼來呢？」

我的個案有很多種，有一進門就哭哭啼啼的、有坐在椅子上咿咿呀呀講不出半句話的，也有像元奕容這樣早就下定決心要來找我且想好問題的個案。他直視著我，「我有一個六歲的兒子……他有陰陽眼。」

「等一下！」這句的資訊實在多到難以消化，就連昱軒都雙眼瞪得渾圓望著這名文官，「你有一個有陰陽眼的六歲兒子。」

「對。」

「你兒子……是人類？」

「是的。」

「你兒子是……你的嗎？」

「不是，是我和我的太太領養的。」冥官搖頭道。「我想我還是把我的家庭狀況說一說好了。」

當然需要！你沒看到我和昱軒都快被你嚇呆了嗎！

他是一位冥官。

講得直接一點，他是鬼。

但是他是有自我意識的鬼，所以不像沒自我意識的遊魂四處飄蕩，更不像被生前仇恨束縛的怨魂只知破壞。

冥官在休假期間到人間遊玩是很正常的。只要事先申請過，再加上充當驛站的城隍不討厭你，隨時想去人間晃一下都可以。

一個晚上，他在懸崖邊欣賞著海面上的粼粼波光，一輪明月倒映在海上，構成極美的景色。

他們冥官就是如此，因為他們擁有無限的歲月，所以總是這樣慢慢地看遍世間的山水和美景。

「很漂亮，對吧？」忽然的搭話嚇到了冥官，冥官不禁覺得慚愧，自己是鬼，竟然還被活人嚇到了。

「是啊。」冥官說，往聲音的方向望去，卻發現她根本沒在看海。明明是個大半夜，她卻戴著一副墨鏡，而她手裡有一根導盲棍，旁邊還有一隻察覺到危險不斷想引導主人避開的拉布拉多。

動物對鬼的氣息很敏感，他不怪牠。

「真是存在感很強烈的人呢！明明沒發出聲音，我卻知道有個人在我身旁。」

我覺得單純是因為妳是敏感體質，雖然看不見，但是感應能力還不錯。

「我只是來看海的。」

「真巧，我也是。」

因為那次的相遇，他們結識、交往到住在同一個屋簷下。女子本就一人獨居在鄉下的小屋，只有一隻導盲犬陪伴，不時有鄰居過來關心，他們也很意外地發現某個晚上跟著盲眼女孩回家的神秘俊俏男子。消息很快就傳遍了整個臨海小村。

「阿秀她出生就看不見，最近剛死了父母，也沒有其他親人可以照顧她，你能夠陪她實在太好了。」

「還好還好，也很感謝大姐在我去上班的時候能夠照顧阿秀。」冥官禮貌地回應熱情的左鄰右舍，他可沒有忘記一開始陪女孩回家的時候村裡有多轟動，只差沒有報警處理了。

「阿容，你都去哪裡上班的啊？」

「我在市區做文書工作。」這句其實沒說謊。

「哎呀，你管那麼多幹什麼，阿容能夠養活自己，再顧好阿秀，就已經是阿秀的福氣了！真可惜，阿秀看不見你的臉，如果不是你已經有了阿秀，我都想把孫女介紹給你了！」

他笑而不語。

若干年後，他們甚至在村長的見證下，在第一次相遇的懸崖辦了個簡單的婚禮。雖然是被村裡長輩（其實元朝的他好像年紀更大）起鬨而辦的婚禮，他們還是很幸福地交換了戒

指，說了誓言。

「妳很美。」

「那你一定也很帥。」阿秀依然是初見面那般天真爛漫。村裡長輩不知從哪個衣櫃深處挖出了一套大紅旗袍，簡單修改後就穿在了阿秀身上。殊不知，對一個元朝人而言，這身紅更合他的意思。

雖然在大太陽底下穿著自己的文官制服（他跟熱心村民說相襯的古裝新郎服他自己準備）差點沒被烤死，但他願意忍受。

婚後兩年，小倆口享受了甜蜜的二人世界。因為阿秀無法生育，所以完全沒有身分被拆穿的問題。但是阿秀喜歡小孩，所以兩人領養了孩子回來。

「馬麻，爹地為什麼是綠色的？」

童顏童語，卻讓冥官從幸福的夢中驚醒。

「簡小姐覺得呢？」元奕容神情在說完他的故事後更加惆悵，「我承認我當時衝動了。我不僅愛上了一名人類女孩，還允諾了她一生幸福。直到小孩辰逸一語點破，我才想起，我是個冥官。阿秀會老，我不會老，更何況最近內境獵殺冥官的行為越發囂張，我實在無法保證我能不被發現——」

聽到這裡，我忍不住瞄了宋昱軒一眼。此時的宋昱軒背對著我，假裝什麼也沒聽到。尊重個案考量，我也決定把心中幾乎炸開的不滿壓下。

不過下一句話讓我忘了方才的不滿。

「——不過這些我都能自己想辦法解決。」這句話讓我把視線放回在元奕容身上，「這次來其實是想問簡小姐，像我兒子辰逸的陰陽眼情況，妳覺得應該封眼嗎？」

我回想起第一次跟我爸提起他看不見的東西的時候……

「佳芬——妳手上的魚飼料哪裡來的？」

「旁邊這個大哥哥給我的！」我指著靠在魚池邊的石頭上，穿著很奇怪的大哥哥，但是我爸愣在了原地，然後連忙把我拖走，留下撒了一地的魚飼料。回家不免被訓斥了一頓。

那年，我只有五歲。

「佳芬！快過來一起跟我們玩呀！」在太陽底下玩老鷹抓小雞的玩伴對我招手，在樹蔭下的我喊了回去，「等一下！這裡有個大姊姊——」

那個大姊姊把食指放在唇上，俏皮地眨眼，「這是我們的小秘密，不能跟他們說喔！」一邊用手輕拍我的背鼓勵我去太陽底下玩耍。

「好！」然後我就蹦蹦跳跳離開了樹蔭。

那年，我六歲。

父母帶弟弟去看醫生，留我一個人在家。他們回來的時候，見我一個人坐在電視機前面看當時的超級猛鬼片——看得大笑。

「佳芬？」我媽比較膽小，自家女兒看鬼片看到倒在沙發上捧腹大笑的畫面嚇到我媽了。我媽儘量柔聲地說，「妳在笑什麼呢？」

「那個被鬼追的人啊！他一邊跑一邊哭的樣子好好笑喔！大哥哥你說對不對？」

在我父母的眼裡，我身邊根本沒有什麼大哥哥。

那年，我七歲。

大概也是七歲的時候，我終於知道自己跟別人不一樣……雖然付出了一點代價，但我終於明白有必要隱瞞自己有陰陽眼。

元奕容憂心地望著我，期望我能給他一些參考。但我真的不覺得我的過往有任何值得參考的地方。

「你有打算讓他進入內境或者是和冥府打交道嗎？沒有的話就封了吧。」我垂下眼瞼，完全不敢看我眼前的兩個冥官。「人本來就不需要陰陽眼也能活著，而且會活得更好。平凡的人生也不錯呢——」

「簡小姐……」

「我是從小就被冥官教導一些有的沒的，隱瞞自己的陰陽眼，才沒有受到任何人神鬼怪的傷害。你本身就是一個目標，再加上你兒子的『眼睛』，應該很容易被內境人士找上——」

「佳芬，內境不是這樣運作的……」

「那你倒是跟我說是怎麼運作的啊！」雙手往桌子一拍，我站了起來，差點沒掀桌子，「『獵殺冥官越發囂張』？我還是第一次知道你們正在被獵殺，虧我認識了冥府二十年！」

宋昱軒伸出手，我原本以為他是要握住我的肩膀叫我冷靜，怎麼知道他卻甩出縛靈繩，把我跟桌子綑在一起，還連帶把我的嘴巴給封了！

宋昱軒！

「奕容，雖然冥府不鼓勵與人類結交，但你也知道最近幾年冥府比較放寬這個慣例了。不過以冥府的立場，我們還是希望你們能夠安全。」昱軒從桌子邊的抽屜拿出一把摺紙鐵鎚——那是明廷深的召喚法術，而後又自己從口袋裡掏出紙鶴，「紙鶴是召喚我，鐵鎚是召喚另外一個行刑人。孩子的眼睛能不封就儘量不要封，多帶他和你太太接觸冥官，這樣子日後真的瞞不住的時候也比較不會排斥。有安全疑慮就直接來找我。」

元奕容也很清楚此地不宜久留，說了聲「謝謝」之後就趕緊離開了診間。

昱軒並沒有把我整個人解開，而是只鬆開封住嘴巴的繩子。嘴巴能自由活動後，我先做的是大咬！管他咬冥官會不會食物中毒，我現在就是很不爽！當然，冥府行刑人能夠被我咬到的話，大概就不是冥官而是活屍了吧？

「佳芬，我知道妳很不高興——」

「我當然不高興！」我怒吼道。「為什麼你們什麼都不讓我知道！我跟你們做了二十年的朋友，我卻連你們現在曝露在怎樣的危險中都不知道！我除了不是死人，也算冥府的一員不是嗎！」

「佳芬，我們的情況不像你們做醫療的，懂得越多能夠做的越多。我們是知道得越多，就會處在更大的危險中。這點不僅僅是冥府的考量，也是蒼藍的考量。」昱軒的語氣比平時更加地柔和，看得出來他很努力想要安撫我，說服我接受他們的安排——

——怎麼可能接受啊！

「那你們有考量過我的感受嗎！」我硬生生就是吼得比剛剛更大聲，「我現在看著你們，都怕你們哪一天就消失在我面前了！病人死亡還有徵兆，你們一點徵兆都沒有！詠詩她因為我被——」

而且消失的唯一原因，就只有被惡意抹消——這樣我怎麼接受得了！

「佳芬，詠詩的消散不是妳的錯——」他嘗試安撫道，但我現在一句話也聽不進去。

「今天我不看了，帶我回去。」

「佳芬——」

「我不管，直到我另行通知之前無限期停診，就連來我家的老顧客我也拒看！」

宋昱軒並沒有跟我多爭辯什麼，只是靜靜地把我帶回家，再靜靜地踩著一明一滅的燈光離開。

元奕容

初步診斷：苦惱兒子的陰陽眼去留。

處置：暫時不封。

備註：宋昱軒那個混帳！

「太難得了吧佳芬！今天竟然跟我們一起出來吃宵夜！」

「平常哪次不是小夜之後先跑不見的，這應該是……佳芬妳加入急診多久了？」

「三年。」最近好像滿三年了。

「三年來第一次耶！等等天要下紅雨我都不意外！」

之前因為都趕著回家做心理諮商，所以從來沒有跟同事一起出去吃宵夜過。上班三年的我說不定對大家的了解還不及來不到一年的楊育玟學妹。也幸好我工作還算隨和，沒傳出我很難相處的評價。

或許我真的該多多與「人」相處，而不是一直跟冥官混在一起。

「學姊，菜單在這裡。」體貼的學妹把菜單遞到我手上。其實我也不餓，簡單點一個蛋餅就算了。

大夥有一句沒一句地聊著工作和八卦。就跟平常護理站會小聲抱怨的東西差不多，只不過會講得更無所顧忌……還有食物可配。

這些人不知道我有陰陽眼，不知道我的過去，我們或許真的能做朋友……

……但我實在不知道如何融入話題。雖然陪著她們的話題一起笑，但總覺得有種距離感。跟冥官們都不會有這種感覺。

明明，我是人類啊……

「護理站那邊打電話來說有一支手機被遺忘在工作車上，現在在響。黑色的。」

「不是我的。」

「我的在這裡。」

「……是我的。」我眼神死地望著沒有手機的提包說。

希望不是什麼重要的電話吧？這個年頭會打電話給我的人應該不多啊？就不知道是誰……但是八成是廣告電話吧？手機忘在護理站也順便給我藉口離開這場有點不知如何應對的宵夜。

今天大夜的急診室比較冷清。看來今天負責區域的大家都好好的沒有出事，也沒有同仁吃鳳梨或者體質很差的同事正常發揮……

「哈囉，我來領我的手機的。」

「妳真的很厲害耶！把手機放在工作車裡面然後就忘記了！妳是不是上班偷玩手機啊？」

「沒有啦，」總不可能真的承認自己上班有偷滑手機吧？我連忙轉了個話題，「躺在十一床那個，診斷看起來好嚴重啊！怎麼還沒送開刀房或加護病房啊？」

「喔，他要出院了。」

「出院？」意識到自己太大聲之後，我連忙壓低音量向護理師學姊確認，「侯醫師不是寫了頭蓋骨、顏面骨、肋骨骨折、氣血胸，小腿還開放性骨折，不看他還有腦出血，這堆都足以讓他直接送進加護病房了吧？」

住院醫師侯孝倫聽見了我們的對話，頭也不抬地說，「相信我，我們勸過很多次了。我都已經挑明說病人不接受治療隨時會有生命危險，他就是不聽。」

……還說得很大聲，完全有說給病人聽的嫌疑。

一名男子忽然靠了過來，談吐有禮地問，「不好意思，請問出院要簽的文件印好了嗎？」

「你真的不勸勸你朋友嗎？」侯醫師又問了一次，幾乎超越苦口婆心的程度了，「他現在踏出醫院的話——講明白一點——可能活不過幾天。即使你們之後後悔了，也要面臨長期照護的問題。」

「沒關係，我朋友家裡沒錢讓他住院治療——」

「我們醫院有提供分期付款，也有提供社福機構的介入……」

「真的沒關係，我們現在就想出院了。」

學姊輕輕嘆了一口氣，有點不甘心地拿出切結書，那名男子很快取過那一小疊紙，還回來的時候已經多了那位重大外傷病人顫抖的簽名。放到桌上的那一刻男子就回頭協助病人起床。

「到底是趕什麼？投胎嗎？」侯醫師低聲咕噥，聲量只有我們這幾個人聽得見。

「制服我幫你拿，免得被血弄髒了。」

「謝……謝……」病人小心翼翼地從病床移動到輪椅上，儘量不動到傷口。但以一個重大傷病患來說，這個動作實在有難度。傷成這樣還能清醒到可以走路也只能打從心底佩服。

「他是怎麼受傷的啊？」我不免多問了一句。

「不知道，他是昏倒在路邊被人發現送進來的。應該是墜樓吧？救護隊說沒有看到現場有玻璃碎片或其他的車輛……」

病人的朋友拿起床上的外套，那外套垂墜而下，在我們面前展露出完整的樣貌——

深藍色的長版外套。

我的心臟幾乎停止，詠詩消散的那些綠光彷彿在我眼前重現。我無意識之下，緊緊握住離我最近的依靠——

「佳芬？」

那深藍色外套離我更近了，這麼近才看清了之前沒有注意的細節，比如說那深藍色外套還用了另一種淺一號的繡線在上頭繡上繁複的花紋、還有別在領子上樣式不一的徽章、反折的袖子、刺在左胸口袋上的老鷹……

他們就要離開我的視線了，要追上去嗎？要跟上去嗎？

「佳芬！妳的臉色好糟啊！妳還好嗎？」

周圍的聲音都離我很遠，彷彿只是很吵的嗡嗚聲。但是這些嗡嗚聲讓那位提著深藍色長版外套的人回了頭，銳利的雙眼和我對上。

宛如回到被隔絕時的那般窒息，我想掙扎，想對這些內境人士咆哮，但卻像被蛇盯上的青蛙一般動彈不得……

「……呆掉了？你沒做奇怪的事情吧？」

「看我太帥呆掉的吧？」

「去你的。」

兩人不以為然地離開我的視線範圍，而我在他們離開之後雙腳一軟，跌坐在地上，失神地喃喃著她的名字——

「詠詩……」

「佳芬！到底怎麼了！妳這樣子有點可怕啊——唔！」

我抱著蹲下查看我的狀況的學姊，一個勁兒地哭，像個小孩子一樣。

我是冥府的心理諮商師簡佳芬，當冥官對生活、工作、人際有煩惱的時候就會來找我。

——那麼，當我需要心理上的依靠時，我能夠找誰？

「……喂？」

「姊姊？」電話另一端的男聲熟悉得讓我想再掉眼淚一次。

「你有空嗎？」

「等一下……」電話的背景聽見那個男聲對著遠處喊，「媽媽，我去便利商店一下！」

「好了。」電話的背景聲音變得比較嘈雜，他應該是站在大馬路邊跟我講電話……也是委屈他了，每次跟我講電話都要吹冷風。

「姊姊最近還好嗎？」

「不好。」我回了兩個字，然後把唐詠詩的事情嘰哩呱啦地全說了出來。對方聽到我說出冥府、冥官這些字眼的時候也沒有打斷，只是靜靜地聽。

「怎樣，你覺得我應該怎麼做？」

「我哪裡知道妳應該怎麼做啊……」

也是啦，我從來不期望能從我弟弟口中聽到些什麼建設性的話。

我嘆了一口氣，換了一個問題，「爸媽最近還好嗎？」

「都很好，沒什麼事。」弟弟猶豫了一會兒，才吞吞吐吐開口，「姊姊其實妳可以自己回來看他們。」

「不用。」

「唔……好吧。」

我弟就是這樣，不會去特別逼迫別人，所以真的很適合做傾訴的對象。

「不過姊姊，冥府那邊的事情聽起來很危險啊！姊姊要顧好自己，不要受傷喔！」

不要受傷……好像身邊的所有人都怕我受傷。我又不是玻璃做的！

「不是玻璃做的，但妳依舊是血肉之軀，我們沒人想見到妳受傷。」

「城隍。」我微微頷首當作打了招呼，再把背包裡的一排養樂多遞了過去，「你都聽到了。」

「妳在我的地盤，我不可能假裝聽不到吧？」城隍打開了養樂多開始細細品嘗，他大概也是我所認識唯一一個能把養樂多喝得像品茗一般典雅的人——鬼了，「就算對我們有怨言，妳有煩心事就會來城隍廟這點還是沒改啊！」

「那我要走了。」

「等等啊！我養樂多不能白收啊！」城隍拉住我的衣服，我也只好坐回石椅上，「妳不是來找黑無常的嗎？我有幫妳轉告了，他等等就來，妳先在這裡等一下吧！」

說完，城隍就捧著一排養樂多消失了，留下我一個人在夜晚的城隍廟深處。白天香火鼎盛的城隍廟到了夜晚只透著淡淡的微光……

「怎麼忽然指定找我？」一身漆黑的官服出現在我面前，他的手上持著和白無常同樣樣式的官帽，只不過是黑色的，上頭寫著「天下太平」四個白字。「必安又怎麼了嗎？」

「跟白無常無關——我又不是只有白無常有事的時候才會找你。偶爾就像從前一樣找你聊天，不好嗎？」

「也好，自從妳離開鄉下之後我們好像也很少這樣聊天了。」黑無常卸下心防，落坐在我身邊。我們兩個沉默了一會兒，黑無常率先打破了寂靜，「我聽雅棠說了……唐詠詩的事我很遺憾。」

「遺憾……你們也會用這種活人才會用的說法嗎？」

「我跟必安最常出現的時間點不就是人剛死之時嗎？這種話聽多了自然會用。」黑無常耐心地解釋，「今天會找我，是因為唐詠詩的事情嗎？」

「連名帶姓啊……你跟詠詩不認識嗎？」

「不認識。但是聽聞冥官消散總是會讓我們感觸良多。」

不是難過，不是傷心，而是感觸良多？

「自己偶爾也會想……消散或許也是一種安息吧？」

「你們也會想安息嗎？」

「會啊！」黑無常疑惑地皺起眉頭，「人類活個一百年就不耐煩了，妳覺得我們呢？」

冥官擁有漫長的歲月，這漫長的歲月他們又是如何度過的？

「幸好人界總是給我們驚喜，不然我們可撐不過這段日子。」明明黑無常的話中內容很是溫和，但是配上他不苟言笑的外表，這句話反而感受不到任何溫度，「偶爾人界也是讓我們很苦惱就是了。」

「我也會讓你們苦惱嗎？」身為活人的我問道。

「妳自己覺得呢？」

我笑了，這大概是我最近難得真誠的笑容，「不錯嘛！諮商起來很舒服，也有讓我用另外一種層面詮釋詠詩的消散，冥府找你當心理諮商師也不錯啊！」

「找我？」黑無常放聲大笑三聲，「誰要找我這個凶巴巴的傢伙諮商，就算改變外表，我的黑臉形象還是很響亮的啊！」

好像也是……黑無常不如白無常那般高挑，身型也不像白無常修長。可能因為一身黑加上樣貌看起來比較凶有點流氓樣（也是很帥的流氓，你們知道的，冥官統統都是俊男美女），而且還是負責管教白無常的狠角色，所以冥官多少有點怕他，形象可謂根深蒂固，應該很難再扭轉了。不過，我認識黑無常的時候並沒有認真讀過他們的傳說，所以他對我來說就是一個鄰家大哥哥……還是會把妹妹寵壞的那種超級好哥哥。

「我說，無救哥哥，你從來不會騙我的，對吧？」

「……妳會這麼叫我的時候都沒好事。」

「——可以跟我說說內境和冥府之間到底是怎麼回事嗎？」

黑無常瞥了我一眼，似乎在斟酌到底要不要說。

「……妳要從哪邊開始說起？」

「果然是無救哥哥，對我最好了！」雖然還沒得到情報，先撒嬌一聲再說！我繼續問，「我想知道為什麼內境會獵殺冥官。」

沒人願意跟我解釋，蒼藍甚至會放倒我不讓我聽見對話，那麼就自己找人問！

「這個部分啊……妳知道冥官傷人是大忌吧？」

「知道啊！」經過清慕希的案子之後，更有感觸了。

「那妳也知道自衛不算吧？」見我點了點頭，黑無常繼續說了下去，「約莫百年前，有個冥官自衛的過程錯手殺了一個內境人士。」

「自衛，所以……」

「因為是自衛，所以冥府不究責，內境要我們把那個冥官交出來，我們不願意把人交出去……我們也不知道那個冥官是誰就是了，我們甚至不知道是不是真的有這件事情。」

有可能是內境要冥府背黑鍋，可是冥府認為不關自己的事，所以不願意扛。

「就算是內境人士，靈魂也會經過殿主的審判吧？那麼——」

「這就是問題所在了，當時殿主根本沒有審判到這麼一個內境人士——想都知道這是內境看我們不順眼很久了，要強安上一個罪名。冥府的規則不容許任何魂魄逃脫，一定要接受完審判喝下孟婆湯，才能進入輪迴，怎麼可能有魂魄逃過殿主審判？」黑無常無奈地說。

「內境也因此把冥官視為危險的存在。百年後的今天，新仇舊恨再加上去，就演變成現今的『獵殺冥官運動』了。」

「這項多算是個導火線。內境和冥府的關係自從我成為黑無常之後從來沒有好過，長期

處在一個恐怖平衡——」

黑無常的話在我耳邊迴盪著。就算送走了黑無常，我也在城隍廟裡待滿半個小時後才離開，免得好不容易得來的資訊一出去就被蒼藍洗掉。

我左顧右盼，確認肥宅高中生沒有在路口堵我後才放心離開城隍廟的範圍。一路上心情很是輕鬆，找黑無常果然是正確的選擇——

「妳看起來心情不錯，跟剛剛很不一樣。」

我怔住了，一時還無法察覺聲音是從哪邊傳來。過往的經驗也催促著我不能左右尋找聲音的源頭，看到鬼的機率很大。

但我覺得，這次不是鬼，而是人。

斜前方的路燈下，有個人影移動了，他踩著優雅的步伐向我前進。我反射性從背包裡找出手機，卻發現怎麼翻也翻不到。

「找這個嗎？」他的手拿著一支手機，上面掛的吊飾就跟我的手機一模一樣……此時我才想起為什麼我覺得他那麼熟悉。

他就是我剛剛在急診室遇到的內境人士之一。

「看妳的表情，妳應該想起我是誰，甚至是知道我是誰吧？」他隨性地說，就好像只是普通的攀談，但是我僵硬的肢體語言一定透露了答案。他不好意思地道，「抱歉，我的朋友身受重傷要先把他送回去治療師那邊，只能先把妳暫時擱下。」

就算他的談吐再紳士，也不會讓我忘記他是可恨的內境人士，跟消滅詠詩的混帳是同一夥的。

「我不知道你在說什麼。」我要裝傻到底！我絕對不會透露任何和冥官相關的訊息！

「不需要對我這麼警戒，我不會傷害妳的——」

但你會傷害我的朋友，甚至有可能傷害我。

城隍你在哪裡快出來救我啊！

「——我只是覺得妳既然看得到鬼魂，日常生活應該很困擾吧？尤其看妳沒有任何的自衛能力……這裡是我的聯絡方式，需要幫忙的話我可以幫助妳。」我如同中邪般接過了那張名片，名片簡潔到只寫了姓氏「尹」和電話號碼。

「如果有什麼問題想要現在問的話也是可以的。」

「你想對我做什麼？」我怯怯地問，這種忽然冒出來的可疑人物還不求回報地說要幫忙，怎麼想怎麼奇怪！

「這個嘛……」他神秘地笑了一聲，「我在想，妳可能就是我要找的那位女子。」

啥？

他又往前跨出一步，現在跟我只剩下一隻手臂的距離，過近的距離嚇得我扭頭就跑。誰

料那名男子竟然抓住我的手腕，力道害我差點臉朝地摔在地上。他連忙用另一隻手扶住我的腰，這才避免我摔一個狗吃屎。

我、我……我要告性騷擾！我被吃豆腐了啊！

我站穩腳步後，回頭就先給了一拳，很可惜地被擋下了，還不忘把我的手機放回我的外套口袋。

「好了，物歸原主了。」他禮貌地說。「現在妳可以離開了。路上小心喔！」

我最需要小心的人是你才對！忽然一陣大風使我閉上了眼睛，當我再度睜開的時候人已經不見了。

哼，老梗。

倒是我的手機……會不會被下了奇怪的魔法啊？有必要先找蒼藍幫我檢查一下嗎？不，以這個隔空取物的招數，要下魔法大可悄悄地下，不需要特地拿出來在我眼前晃。況且，如果是追蹤或者監聽的魔法，魔法忽然中斷反而更加可疑……

為了讓自己安心一點，我決定掉頭回到城隍廟，捻起三炷香心裡默念著：

「城隍，我剛遇到內境人士了。可以幫我檢查一下我有沒有被下魔法嗎？下次我來不只會帶養樂多，還會帶布丁給你老人家嘗嘗。」

「妳說的喔！下次記得帶來！」聽到有食物的城隍很認真地上下幫我檢查一番，確認乾淨之後才放我離開。

「不只布丁，我還要優酪乳！」

好、好，都幫我檢查了這點回報自然會給，收了我供品的城隍爺很樂意幫我一些忙。

跟冥府打交道就是如此簡單。

至少當時我是這麼認為的。

【第五章】

檯面上／檯面下

「氣消了？」

「怎麼，還希望我繼續生氣嗎？」

知道問錯問題的宋昱軒馬上收聲，話題轉移到今天的重頭戲上。

「那麼等一下的評審就麻煩妳了。」

「我只是評娛樂項目的，一點都不麻煩。」我也很期待等等可以看到什麼樣的娛樂效果，或者是帥氣的聲光效果。之前跟雅棠出去晃的時候就有看過幾次冥官和內境人士的戰鬥，華麗的對招總是讓躲在旁邊的我看得很滿足，但也很危險。所以我站的距離都有點遠，只能看到煙火一般的特效。上一次和雅棠遭遇內境人士那次完全是例外。也幸好那次內境人士的重點完全不在我身上，不然臉被記得了我可就麻煩大了。

「歡迎來到冥府第一屆武鬥大會！我是今天的主持人唐舞悅。」主持人是一名領路人，雖然沒有穿著領路人的制服而是另一套較華麗的古裝，但是綁在手腕的暗紅色頭巾還是透露了她的官職。或許是因為冥府真的很少辦這般大型的活動，冥官們都很興奮，出席率接近九成。坐在評審席上的我望著下面滿滿的人——鬼海瘋狂扭動，歡呼聲幾乎要穿破地底直達人界了。不免俗的，主持人還是請了冥府的大家長十殿殿主致詞。想當然耳，這種差事最後還是落到了閻羅頭上。

「首先，會辦這個活動，我們還是要感謝冥府唯一的心理諮商師佳芬……」紅色的聚光燈在閻羅說到我的名字的時候照在我的身上，我也只好含蓄地跟一眾冥官揮手致意——

「……如果我沒有照著她的意思辦活動的話，我就找不到人陪我喝酒了。」

我根本沒有威脅你好不好！是你們自己聽到這個提案很爽朗地就答應下來還拉大規模好不好！可是閻羅王說得極其認真，再配上那張黑臉，感覺下面的冥官都相信了八成。

「這次的武鬥大會不僅僅是一個大夥證明自己的機會，更是進一步認識新朋友的機會，正所謂『不打不相識』，我相信這一次的武鬥大會能夠刷新不少人的三觀。就好像，我自己就認識好幾名實力不在行刑人之下的文官——」

真的有嗎？文官文弱不是既定印象而是事實吧？見我有點質疑閻羅的說法，此次同樣充當裁判兼評審的殿主們紛紛好笑地轉頭看著我。

「佳芬，妳有這樣子的刻板印象不對。」二殿的楚江王毫不掩飾地笑著，「妳這樣子以後諮商說不定會踢到鐵板喔！」

「我是活人，冥官不能打我——理論上。」雖然說冥官傷害人類是大忌，但我還是默默把楚江的忠告記了下來。

武鬥大會的開幕式很簡單，閻羅王的致詞之後就不囉嗦馬上進入正題。一整塊寬闊的平地架了十幾個擂檯，擂檯周圍又有許多擺好酒菜的桌子。從觀戰台俯看下去，人頭竄動，雖然都是死人，但都散發著興奮雀躍的氣氛。眾人圍著擂檯高舉酒杯吆喝著，好不開心。

看見這幕時，我竟然有點感動，自己隨口的一個提議能夠帶給冥府這麼多歡樂和活力。自己雖然只是個普通人，但還是能夠用別種方式報答一直以來照顧我的冥官們的。

因為報名的人數眾多，幾乎整個冥府都下來參一腳，而冥官又是個有很多時間可以慢慢耗的群體，所以五六百人的比賽竟然還是用淘汰制，把對手擊出圈外即算勝利，勝者晉級。作為娛樂效果的評審，初賽實在毫無可看性……雖然我坐在高處的觀戰台，放眼望下去有十幾場戰鬥同時進行，就算冥府很貼心配了一個術士在旁邊隨我使喚，有想要仔細看的場子就能變一個畫面拉近給我看，但我還是不知道應該看哪裡。

既然說到了術士，那就來說說他們在冥府扮演什麼樣的角色。武官雖然也會法術，但絕大多數還是武術和兵刃為主，法術為輔。而術士正是反其道而行，法術為主，武術為輔……但是對付遊魂和怨魂，冥官的法術還不如一綑縛靈繩有效率，冥官又不能傷害人類，所以術士就成了式微的官職。況且，學習法術是很看資質的，所以在招募新血上也很困難。

這些都是方才認識的術士告訴我的。

「我們比較類似舊時代的產物。那個冥府與天庭不和的年代，術士是很重要的戰力。」

配給我的術士是個嬌小的女孩，外貌年齡不過七歲，微捲的短髮插著流水意象的髮髻，稚氣未脫的臉孔掛著開朗的笑容，水汪汪的大眼，很特別的是神祕的淺灰，就跟她身上的改良旗袍一樣色系。說到那身旗袍……原來冥官也會喜歡蘿莉塔風嗎？改短改寬的裙擺和加寬的袖子襯著蕾絲邊，還有那個半筒長靴和白襪。到了人界走在街上也只會被認為是蘿莉塔毫無違和……

看了一眼名牌：「秦」曉蕾。

……我決定對這個妹妹好一點，而且絕口不提她的姓氏。

「我好像都沒有看過術士來找我心理諮商呢！」

「術士也沒幾個人啊！現在這個和平時代，大夥都跑到人界玩耍了。畢竟冥府變化性不大，待久了還是挺無聊的。人界就有趣多了！如果不是這個武鬥大會好玩得緊，我也不會回來冥府。」

我對曉蕾妹妹的話不予置評，支著下巴繼續觀賞底下的賽事，很快的，第七擂檯吸引了我的注意。不等我出聲，曉蕾妹妹已經用水霧變出了第七擂檯的放大畫面，送到我的面前。

「哈哈！」我大笑了三聲，抽出了第七擂檯的參賽者評分表，在上頭打了分數。

不錯嘛！有好好打聽評審喜好，知道我是軍裝控所以特地穿了一套西式全套軍裝來討好我……單就這一點我在「治裝」這一項就打了個六分。

滿分十分。扣四分是因為西式軍裝和關公刀很不搭。

要說瞭解我……最瞭解我的應該還是宋昱軒吧？雖然跟他不是認識最久的，但與我在一起時間最長的絕對是他。我看他也有在參賽名單上，但還需要好一陣子才會輪到他上場。

顯然，我還不夠了解他就是了。此為後話。

宋昱軒登場的時候，不只是我，同為裁判的殿主們都對這一場展現高度的興趣。

「我們就來看看能秒殺到什麼程度吧！」

認識宋昱軒這麼多年，我從來沒有仔細見過他動武，就連擒拿清慕希的那次，都是帶到我看不見的地方打……

昱軒是武官，職位還是武官中武力值最強的行刑人。但是他只是「宋」，以冥官的年齡來說還是太年輕了。站在擂檯另一側的那一位我認得，也是我偶爾會在一殿秦廣王那邊見到的行刑人，印象中和雅棠一樣是個「晉」……但是他完全沒有一個晉朝面對宋朝該有的泰然自若，握住配劍的手有點緊繃。那兩人算是規規矩矩地打了一場，並沒有什麼華麗的招式，最後由宋昱軒把人繳械後再把人壓在地上制伏，頭剛好超出了擂檯的界線。

「出局！第五擂檯，初賽第三十八場，獲勝者宋昱軒！」

「嘖嘖，那傢伙果然放水了啊……」

「好不容易遠離話題中心，想要繼續維持低調也是一定的吧？」

「你們在說晉朝的那一個嗎？」

聽到我這麼一說，殿主們面面相覷，不知道是誰帶頭的，整列評審席發出一陣爆笑聲。

我說了什麼很好笑的話嗎？

「燭光下的影子啊！」離我最近的秦廣王感嘆道，但仍掩不住臉上的笑意。

我還是滿頭的問號，但是十殿殿主很有默契地閉上嘴，不過我還是看得見他們嘴角的竊笑。

到底是在笑什麼啦！

「簡小姐，妳指定要特寫的那組上場了。」除非問問題，不然絕大多時候保持沉默的蘿莉術士說。我眼前的畫面轉向了一男一女，都是文官打扮。通常文官的場子受到的關注較少，因為沒什麼好看的武打場面可看。這一場卻出乎意料，有特別多的冥官圍在擂檯邊賣力地加油打氣。

我可沒忘記這次提議辦武鬥大會的原本目的。雖說我原本預想的是個小型的友誼賽，變成全冥府的盛大活動完全在我的意料之外。就連當時那個因為部長之間的糾葛所以戀情遭受阻撓的小文官也在人群當中，為他的部長加油打氣。擂檯上的兩人分別無聲地對望著，在裁判的指示下抽出各自的武器。男部長是中規中矩的長劍，而女部長則從背後解下……琵琶。

所以那些仙俠片不是演假的，樂器真的可以當武器。就不知道等等琵琶會不會變成劍了。

「是不是要晉朝以上才能當主管啊？」我瞧見了兩位部長的名字，喃喃道。

「咦？冥府從來不以年資來決定升遷的，簡小姐難道不知道嗎？」曉蕾用著活潑的語氣解釋著。

「但是年資久遠的確決定了一部分的實力，但也就只占了一小部分。」

曉蕾妹妹不以為意地說，但是當音波和劍氣碰撞的瞬間爆出狂烈氣流，那氣流甚至波及到附近的場子，害得參賽者飛出場外宣告出局時，這個蘿莉冥官的話瞬間變得很沒有說服力。

……妳確定那只占一小部分嗎？

等等，如果晉朝的文官有這般實力……那麼身為半個武官的雅棠該不會……

我忽然很慶幸自己一直和雅棠保持良好互動。

「可是唐朝以後的好像戰力就弱了許多？」我可沒忘記雅棠之前對自己能力的自豪，她可是把唐宋元明清全部統括成實力低落的一群。

「只是缺乏磨練而已，還是有很多好苗子呢！」從一個外表只有小學一年級的妹妹口中說出這種話，違和感根本爆表。

回到場上，擂檯上的兩人激烈對戰著。缺乏防禦手段的女部長面對劍招只能用琴身勉強格擋，處在被動狀態。但是敏捷的身法竟使得男部長一時半刻奈何不了她，不過近距離戰鬥也讓女部長無法撥動琴弦，發出攻擊。男部長大有「手指敢碰到琴弦我就砍斷」的意思。

「女的那個會輸吧？」男部長忽然大力衝撞，雖然用琴身抵銷了一部分的力道，女部長還是被震飛了出去，差點就踩出了邊界。男部長完全不給對方喘息或者彈琴的機會，提劍直追，只要再讓女部長倒退一步，這場對決就是他的勝利。

「她會贏。」閻羅篤定地說。

只見男部長腳下像是絆到一個東西，還沒看清楚地上到底是什麼，從他的腳下忽然爆出一道音波，把人炸到騰空。

「這一招會很精采喔！」曉蕾妹妹就像證明給我看一般，在水霧畫面點了一下，眼不可見的琴弦全顯現了出來……密密麻麻幾乎籠罩整個擂檯的琴弦。女部長露出勝利的微笑，用琵琶彈了一個音，那個音化作音波，目標卻不是男部長，而是架在空中的琴弦，五條琴弦被音波擾動，再發出更多的音波打向別的琴弦，彷彿連鎖效應一般，男部長的四面八方皆是殺人等級的音波，避無可避。

「第一擂檯，初賽第四十二場，獲勝者晉秋弦！」倒在地上動彈不得的男部長被女部長一手抓住衣襟，撿起丟到擂檯外。裁判在男部長摔到場外的那刻宣布結果。女部長將琵琶收回背後，走到男部長身前，臉上盡是抱歉。

她伸出手，問道，「你還好嗎？我應該沒出手太過分吧？」

「還敢說，我是跟妳有血海深仇嗎？對我用這種大招……如果是唐宋元明清扛得下妳剛剛那招嗎？」

扛不下……你看看你們身邊擂檯，冥官們都很有共識先蹲下抱頭，等那兩人打完了再繼續喝酒。

「我們又不會死……最多飛遠一點吧？」

「去妳的。」男部長反握住女部長的手，笑嘻嘻地站了起來，好似剛剛的引爆對他沒有任何影響般。

冥官基本上不會昏迷也不會死亡，這也是為什麼武鬥大會的獲勝條件是把對手打到界外。但是界外的範圍其實很廣，白色繩子圍成的圓圈以外都算界外。比如說第二擂檯就有個可憐的傢伙化成了一顆流星，消失在遙遠的彼方。反正冥官們知道回家的路，不需要太擔心。

我看了一眼擂檯邊的小文官，他正和身邊的女生熱烈討論剛剛的戰況。但是女生好像是冷酷型的，回的話並不多。

我已經幫你把追女障礙排除了，剩下就靠你自己吧！雖然我有預感他會回來找我做失戀諮商。趁著空檔，我趕忙補齊宋思年的諮商紀錄。

宋思年

主訴：兩家死要面子的部長不願道歉，波及下屬，使得個案追女友受到阻撓感到困擾。

治療評估：兩家部長打完之後顯然已和好，但是個案的興趣物件仍然冷漠。

處置：下次回診詢問追女友進度再行評估。續觀。

這一場比完了，還有十六場要觀察評估啊！要邊評娛樂效果又要評估心理諮商個案……想到都覺得心累。但我還是得乖乖做完評估……誰叫這個武鬥大會的點子是我出的呢？

「恭喜晉級。」雖然我身邊有十殿殿主和曉蕾妹妹，但是宋昱軒還是在我得回去人界的時候認命過來接送。綁住我靈魂的繩子慎重地由曉蕾妹妹的手中交到宋昱軒手上，彷彿什麼交接儀式一般謹慎。

沒辦法，這條繩子沒了我就會消失在冥府深處，成為冥府上萬魂魄中的一員。他們是這樣說的，我也沒有那個興趣拿自己的命來驗證。

「行刑人是冥官中武功最強的，沒晉級很丟臉好不好。」宋昱軒用一種「廢話，我當然會贏」的表情說。

忽然覺得在初賽行刑人對到自己人是很衰的一件事。

曉蕾妹妹在一旁還沒有離開，毫不掩飾地捧著雙頰看著我們的對話。這個反應我實在太熟悉了。

叫做「冒小花」。我幾乎可以看見蘿莉冥官被花痴的花朵淹沒。

「拜託……不要連冥官都這樣。」我管她是不是和矗立在中國某處的萬里長城一樣古老，該澄清的還是要澄清，「我跟宋昱軒只是朋友，也只會是朋友。」

蘿莉冥官大力地點頭，笑容依舊不退，「我知道啊！我只是覺得你們很像我之前在某部穿越漫畫看到的男女主角而已……為什麼這樣看我！那部很冷門沒什麼糧食，都要靠自己腦補啊！超不公平的！」

……我覺得妳可以跟蒼藍當好朋友。

這句話想歸想，但我還沒有沒禮貌到吐槽剛認識不到三小時的冥官。我轉向曉蕾妹妹，微微頷首，「謝謝您今天的照顧和解說。」

「不客氣！」曉蕾妹妹朝氣十足地喊道。她的手在空氣一抓，一隻冥紙折成的兔子躺在她小小的手心中。

「這就當見面禮，有需要的時候可以叫我。」

我收下冥紙兔子，一邊思索著……

如果有一天護理站的人無聊翻我的錢包，會不會被嚇死啊？

昱軒並沒有在我的住處久待，一下子就回去冥府了。這樣也好，省得我得想辦法逃脫冥官的視線。

我梳洗完畢出門之後先是打了電話把人約出來，第二通電話就是叫計程車。

「要去哪裡？」

我報上的地址是在市中心，離我的住處大概有二十分鐘車程。

這樣冥官應該追不上來吧？冥官雖然是鬼，但是移動方式還是挺物理的，最多就是能夠搭便車所以比人類的移動便捷許多而已。在不知道我的目的地的情況下，他們也不知道要從哪一間城隍廟出來，說不定還會把我跟丟。

我推開門扉，工業風的咖啡廳飄散著咖啡的醇香。

「歡迎光臨！請問幾位？」

「沒關係，我朋友已經先到了。」我越過帶位的店員，來到了咖啡廳最深處，也是最不顯眼的位置。一個男子已經先坐在那雙人座上，如同一般手機重度依賴的年輕人滑著手機……

「請問是尹先生嗎？」

他抬起頭，對我送以微笑，「是的。」尹先生就如同我對他的紳士印象，我一坐下，他就替我招來了服務生為我送上菜單，「隨意吧，我請客。」

「沒關係，是我約你見面的，這一次就我請吧。」一次的咖啡和甜點還吃不倒我的存款。我翻了翻菜單，很快就決定好餐點並把菜單還給服務生，「一壺水果茶，還有一份巧克力磅蛋糕。」

點餐過程，雖然有收斂，但是尹先生好奇的視線還是讓我有點不舒服。

「怎麼了嗎？」

「我還以為妳會什麼都不吃。」

我白了一眼，「少來了，雖然我沒有自衛能力，但我對內境還是略有耳聞。你們要弄暈我的話根本不需要在食物裡面下藥。」如果是其他法術的話，我相信下一次昱軒來接我的時候一定會發現我身上的異狀，就算宋昱軒發現不了，還有一個蒼藍當保險。我可是在城隍那邊交代好後事了才把眼前的內境人士約出來。大白天給他的信箋，他也要晚上沒人的時候才看得了，剛好就是我事情都問完的時候。

「那麼，請問佳芬小姐找我有什麼事嗎？」尹先生也不多客套，開門見山就問了我約他見面的目的。總不可能是我突發奇想想找個人陪我喝一點都不下午的下午茶。

都已經把人約到眼前了，反悔也來不及了。照著劇本走，應該不會有問題的……

「我有一些……煩惱。」我收回方才些微自以為是的態度低下頭，裝作難以啟齒地抿住嘴唇，「是跟鬼有關的。」

「是有跟鬼相關的問題想要問我嗎？」

「對。」我輕輕地點頭，還要繼續裝作很緊張——不，我根本不需要假裝，要演出這麼大膽的劇本，唬弄對象又是內境人士，不緊張才怪。

「請問這樣子問問題需要收錢嗎？我看過一些動漫小說，你們的價錢好像會開很高。」

「看情況。」尹先生說，「陌生人找我諮詢我當然會收錢，如果像這種單純聊天就不用了，我還沒那麼愛錢。」

聽到熟悉的字眼，我忽然好奇了起來，問道，「差別在哪裡？」

該不會……尹先生是內境人士的心理諮商師？

「取決於會不會用到我的專業。」尹先生像是魔術師耍牌技般空手變出一疊比撲克牌還大一點的牌在手中把玩，「我的專長是占卜，塔羅、紫微、解夢、面相……東西方的都有涉獵。但是今天的聊天，就算稍後一時興起幫妳占卜，我也保證不收妳錢，這點佳芬小姐可以放心。」

竟然是占卜……代表單是坐在這裡，他就能從我的面相或者氣場知道我的命格或運勢吧？好奇歸好奇，但我可不喜歡不知不覺洩漏訊息的感覺，這跟駭客盜你個資有什麼差別？

「那麼你能占卜出我等等要問什麼問題嗎？」

「佳芬小姐，占卜不是這麼操作的。」尹先生語氣中流出些許無奈，看來是長期被誤會的疲憊感，很快就想進入正題以免我繼續用刻板印象問他問題，「那麼佳芬小姐想要問關於什麼呢？」

「是這樣的……」我說得有點保留，現在自身角色設定在不得已只能求助眼前大哥哥的傲嬌屬性小女生，所以有儘量讓自己演出倔強的感覺，「你也知道我有陰陽眼……但有時候

我實在分不清楚哪一種鬼看到要逃跑，哪一種鬼不用。」

此行的目的只有一個，那就是套話。像我這種無牌無照的心理諮商師，心理諮商的方式和說詞都不是照著課本走，提出來的治療或者建議很多時候是根據個人經驗和自己看人、看世界的方式。

所以，我假裝自己是諮商對象，就是想要知道坐在我對面的尹先生，又或者說內境人士對冥官的看法——當然不能單刀直入直接問，要從鬼魂這個大項慢慢縮小範圍。

我在心中默默祈禱尹先生沒有察覺我是明知故問。所幸，尹先生沒有對我的問題起疑，反而拋出了問句，「佳芬小姐是遇到了會說話的怨魂，所以對辨認規則有點迷惑吧？」

會說話的怨魂？這下不需要演戲，因為我真的聽不懂了。

「以最粗糙的分類法，鬼魂分為三種。」或許是為了協助解釋，他從旁邊的架子上擅自取了兩隻動物公仔下來，把柴犬公仔放在我們兩人之間，「第一種是『遊魂』，最大特徵就是會講話。這些通常都是因為魂魄不知道身體已死或者有所掛念，所以還在人界遊蕩。引起的靈騷現象也比較小型。」

他放下第二隻花貓公仔，「第二種我們稱之為『怨魂』，不會說話。是因為自身怨念過深而徘徊在人界不願離開。雖然有怨恨，但他們卻沒什麼思考能力，也沒什麼眼睛。路過的人如果有特徵激起他們的怨恨，那個人就倒霉了。沒觸發的時候就像隻遊魂無害。簡而言之就是個難捉摸的傢伙，會不會攻擊你、纏上你、能否觸摸到你完全看他自身的怨念而定。總之，看到散發紅光的鬼趕快跑才是上策。我知道，我偶爾也會被纏上。但是我身邊有冥官有蒼藍，大夥在忙的時候還能躲進城隍廟，所以還算好解決。

「第三種，我們稱之為『冥官』。」尹先生在整排動物公仔中挑選，最後選了狐狸代表冥官。「冥官顧名思義是冥府的官吏，《聊齋志異》裡稱其為陰差。冥府是死後靈魂的去處，輪迴或是受刑一律由冥府裁定。以十殿殿主為首，冥官依照著自己的職務協助冥府的運作。」

這一些我都知道。跟冥官混了二十年，不可能不知道這些基本常識。但我想要聽的不是這個。

「但是他們也是最危險的一類。」尹先生話鋒一轉，終於來到了我感興趣的話題，也是我此次要套出的情報。

為什麼內境人士要獵殺冥官？如果不問出來，我就無從預防，也無從給住在沿海小村的元奕容一家人安穩的生活。

「冥官不能傷人，這是他們的大忌。但是冥官傷人除非被同行撞見，不然誰也不會知道你有傷過人。所以偶爾還是會有冥官傷人甚至殺人的案例出現。如果說是會說話的怨魂，大概就是違反規定的冥官了。」

尹先生拿著狐狸細細端詳著，「雖然說平時無害，但是他們是披著羊皮的狼。妳永遠不知道哪個冥官會傷害妳，更難防範。」

「那麼……遇到這種會說話的怨魂——我是說冥官，我要怎麼辦？」我試著發問，但有點害怕即將得到的答案。

「妳就打我的電話，我會幫妳通報讓附近的同袍去處理。」

「你們會殺掉他們嗎？」我有些擔憂，但不是擔心我的人身安全，而是擔心冥官。

「冥官已經是死人了，妳不可能再殺一個死人。」他幫我糾正了用詞，「目前內境主張見到冥官就就地處決，寧可錯殺一百也不放過一個，而且消滅冥官的任務獎金很高，所以很多缺錢的都會把消滅冥官當外快——」

就只是為了錢而痛下殺手嗎？為了錢而殺害善良的靈魂，就只為了預防那一隻害群之馬嗎？

「——但是我並不贊成這種做法。」尹先生輕柔的聲音使我從盛怒中回神，「我家長輩都教導我們不要跟冥府結仇，寧願和天界作對，也絕對不要去招惹冥府。因為冥府很團結，惹了一個就是把整個冥府都得罪完了。天界還有派系之分，惹一個還有另一個會幫你拍手。」

「那麼……」

「所以我才說，發現冥官我會幫妳通報，但我不會去處理。而且，說不定我的同袍抵達的速度比較慢，冥官聽到風聲就跑不見了。」尹先生別有深意地笑著，想必那個「延遲通報」、「走漏風聲」的傢伙就是眼前的紳士無誤。我很想跟他說一聲謝謝，他的舉動說不定讓許多冥官免於消散的下場。只好拐著彎子說，「冥官一定很感謝你。」

「多感謝我不知道，但是我是少數能夠踏進城隍廟的內境人士，想必這是他們表達感謝的方法。」尹先生輕輕地聳肩，他說到這項優勢的時候心情格外的好。他把三隻公仔擺回架子上，一邊問我，「怎麼樣，聽完了有興趣加入我們嗎？」

我還是那道尷尬又不失禮貌的微笑，長期職場訓練出來的公關臉，「我還以為你們都是高深莫測的人，怎麼這句話聽起來像是老鼠會在拉人？抱歉，我很喜歡現在的工作。」

「加入我們就可以知道更多——」

「叮咚！」忽然發出的聲音打斷了我們的對話。因為是很普通的信息提示聲，我也翻出了我的手機看了一下，哪知道提示聲不是從我的手機發出，而是尹先生的。

「先生，這是你的美式。」

「不好意思，我可以改外帶嗎？」尹先生站起身，抱歉地對我說，「對不起，我有事需要馬上離開。下次如果妳有問題可以再問我，我很樂意幫妳解答。」

是很樂意繼續拉我加入內境吧？尹先生走得很急，留下我一個人慢慢享受蛋糕。

忽然，一個人擅自拉了椅子在我對面坐了下來。

「蒼藍，」我對來人沒有任何意外。應該說如果冥官找不到我，第一時間應該也是找蒼藍求助，「你可能會被看到……」

「我在附近放出了好幾隻怨魂，他們現在沒空回來。」蒼藍說這句話說得比放生還輕鬆，沒有任何愧疚感，反倒是對我訓斥著，「佳芬姊，我說過了，這不是妳應該駐足的世界。」

「如果你們願意跟我說冥府與內境的情況我需要這樣子玩嗎？」我連頭也不抬，繼續與眼前的巧克力磅蛋糕奮鬥，「你要吃嗎？我請客。」

「我們不告訴妳是為了保護妳——」

「保護我？是保護我的安全，還是保護你們的形象？」我的話一定很不中聽，因為我對面的肥宅高中生明顯縮了一下。

「佳芬姊，冥官曾經有殺傷人絕對是事實，這點我不能否認。」蒼藍堅定地說，試圖讓我能夠相信他的話，「但妳也要知道，這二十年來，冥官傷人的情況已經減少很多，是有史以來最低的數據了。妳沒看那個牢房都是空的——」

「我知道。」黑無常說的小故事我可沒忘。

「還有現在城隍也有請內境人士協助通報冥官的殺傷行為並調查——不對，妳知道？」

「我對冥府的信任遠大於人類，這點你完全可以放心。」

沒錯，我對人類就是如此的不信任。

「佳芬，妳有什麼心事就跟我說喔！我跟幸玲還有盈馨都會幫妳想辦法的。」

想起令人討厭的人物，害我嘴巴的蛋糕都變得不美味了。我放下叉子，心平氣和地說，「所以你們就不要瞞著我事情，我就不用為了解決個案的煩惱去接觸內境人士了。」

「就為了心理諮商的個案冒著危險去接觸內境人士？」蒼藍驚訝道，他的聲音完全沒有壓低，但也沒有吸引咖啡廳裡其他人的注意，想必他早用了法術讓我們兩個的對話不傳出去，「妳這樣子跟自殺沒兩樣！」

「沒關係，」我望著穿著前些日子發售的限量動漫T恤的萬能道士，笑得他內心直發寒。

「我這不就認識你了嗎？」

「佳芬姊，我開始有點後悔認識妳了……」

農曆新年接近了，武鬥大會也總算進行到三十六強了。當然是文官組和武官組各三十六個人，所以我還有三十六場比賽要看。

「簡小姐，在開始之前，妳有特別指定哪一場要關注的嗎？」曉蕾妹妹開場前問。

關注啊……諮商個案的部分我幾乎都看完了，不論文官還是武官都有認識的，特別看他們的戰鬥好像顯得有所不公……反正我是評娛樂效果，那麼就看哪邊煙火比較燦爛就看哪一場吧！

「在開始今天的比賽之前，我們先來一場表演賽暖暖場子！」主持人唐舞悅熱情的聲音在冥府迴盪著，「在我的左手邊是——你們沒有看錯，是一見生財、天下太平，有著冥府雙傑之稱的黑白無常！」

聚光燈打在了擂檯的左側，黑白無常站在擂檯上，比較親切的白無常正對著觀眾又是打招呼又是飛吻，惹得一陣又一陣的尖叫聲。黑無常則是板著一張臉，只是輕輕對觀眾點頭示意。

「另一邊，這一位可不得了了！這一位可是專門在黑白無常『需要協助』的時候找幫手幫忙，長年隨身伺候黑白無常的隨侍——明衡業！」

需要「協助」……需要「拉住」吧？明衡業都曾經跟我哀怨他不是隨侍，而是黑白無常的拉拉弟。薪水再高也沒有人願意跟他換工作，就連代班也找不到人。在家休息會擔心黑白無常是不是暴走開揍人類……然後就會嚇得跑回去黑白無常身邊盯著。

雖然說比較常失控的是白無常，但是有鑑於黑無常也有一起失控的慘例……還是都算在一起好了。

「明衡業，你可以從你朋友當中選一個來當你幫手，你有想要選誰嗎？」

明衡業幾乎想都沒想，就說了另一個我也熟悉的名字。

「第六殿的行刑人，明廷深。」

「明廷深先生，明廷深先生，聽到廣播請到擂檯上！」

明廷深一樣畏畏縮縮的樣子，走上台的時候還緊張到被台階絆了一下，惹得全場大笑。

他一上到台上，簡單打招呼後就哭喪著臉抓著明衡業的袖子，「為什麼找我！你這是想害我嗎！兄弟是這樣陷害的嗎？」

「沒辦法，我真的真的很想要休假。」以冥府的福利來講，沒得休假好像真的很可憐。

「好啦，請雙方人馬就定位！順道說一下，雖然說是表演賽，但我們的黑白無常可沒有打算放水喔！」

從小看到大的黑白哥哥一臉抱歉地笑著舉起他們的家當。衣擺隨著身周颳起的強勁氣流擺盪，顯得對面的一個持劍一個持彎刀的明朝武官氣勢弱上許多。看熱鬧的冥官不管是支持黑白無常還是為兩個小武官加油，或多或少都有看熱鬧的成分在。

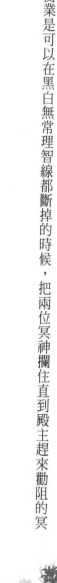

我是知道廷深的實力有一定的水準，可是明衡業他……

但是，我和觀眾都忘了一件事。

明衡業是可以在黑白無常理智線都斷掉的時候，把兩位冥神攔住直到殿主趕來勸阻的冥官——

在主持人的一聲令下，黑無常甩出鎖鏈要封住明衡業的行動，明衡業輕鬆地格開之後，方才還一臉哀怨的行刑人，在鎖鏈收回前提劍直刺黑無常，頭頂卻感受到一道風壓，急忙迴避。就在他方才踩踏之處落下了一道成年人般高的火籤——

會知道那個長得像令牌的東西叫火籤，當然是因為我小時候有問過本人那東西的名字。但我不知道平時白無常握在手裡，比擀麵棍短一點點的火籤能夠變得這麼大……還那麼多個。

「別忘了我的存在啊，弟弟們。」白無常笑瞇了眼，扛了一個大火籤在肩上，左手每個指縫還各夾帶一個正常大小的火籤。明衡業見隊友拉開距離，急忙補上隊友的位子攻向白無常。廷深也在站定位之後與黑無常一一過招。頓時擂檯上除了兵器撞擊的閃光，還有火籤發出的絢麗火光……

「真不知道是誰安排了這場表演賽。」我支著下巴，欣賞著華美的煙火在擂檯四處綻放。明衡業平時累積的怨念都可以轉化成怨魂一次了，給他個機會揍上司也是不錯的。

「我安排的。」昱軒的聲音忽然在身後響起，差點把我嚇得摔下桌子。

「別嚇我啊！」我忍不住埋怨道。「我魂都快被你嚇飛了。」

「妳的魂在曉蕾前輩手裡，不會飛走的。」今天的賽事就在稍晚的行刑人開玩笑說。曉蕾妹妹還在一旁活力充沛地補充道，「交給我就對了！我絕對會看好手上這條繩子的！」

有鑑於曉蕾妹妹太過資深，我和宋昱軒就僵在原地，完全不敢把人請走。但是曉蕾妹妹兩千年沒有白活，很快就理解她需要中離一陣子。

「我去幫忙把擂檯結界強化一下，不然他們看起來要把結界給拆了。」曉蕾妹妹把繩子放到宋昱軒的手上，一蹦一跳就起飛降落在擂檯旁邊開始做施術準備。只剩下我們兩個也總算不怕個案的隱私被人聽去。我問道，「你怎麼會這樣安排呢？」

「因為那個時候妳在鬧脾氣，諮商全數停擺。可是明衡業的壓力真的有點大，只好先來找我發洩了一頓。」

明衡業去找你訴苦怪我囉！但我決定當作沒聽到，繼續問，「發洩了之後還不夠，一定要揍上司才可以解決嗎？」

「黑白無常雖然沒有傷到人類，但兩人把人類嚇得不輕，這讓明衡業感到很自責。」

「這個拉拉弟也真是盡責到了極點。想必明衡業一定有愧於那個人類……」

「明衡業不會為那個殺人犯感到任何抱歉，」宋昱軒說。「他是覺得自己跟隨黑白無常那麼久，竟然還是被打敗了，他覺得自己的能力跟不上兩位上司，所以很自責，對不起委託他這個任務的殿主們。」

……盡責成這個樣子，明衡業你還是繼續爆肝算了，反正你們冥官也沒有肝可以爆。但

就是因為冥官沒有身體健康問題，心理健康變得更重要了。

「把他和黑白無常約在同一時段，我來做個團體治療。」雖然我覺得最後會變成「團體物理治療」就是了。

擂檯場上已經進展成一打一。廷深和黑無常皆已摔出場外出局，餘下的是彎刀對火籤。雖然手上是表面上比較有利的彎刀，但是明衡業完全不敢大意，而且對面的白無常還是開場那般笑得讓人頸後發涼。

「我們有待你那麼刻薄嗎？竟然每一招都往痛處打。阿業真傷透我的心啊……」

「黑白無常大人是待我不薄，幾乎把我當弟弟照顧——」明衡業揮下彎刀，那招狠戾地直砍手臂，白無常優雅地舉起火籤格下猛烈的攻勢。

「但是我已經十年沒有放假了，老子我真的很．想．休．假！」

除了自責的問題，還有明衡業超時工作的問題要解決……「昱軒，你說過行刑人是武官中武功最強的對吧？」

昱軒點頭，貌似已經知道自己下場的行刑人眼神死地看著我，「……佳芬，妳應該沒那麼記仇吧？」

或許……有一點？

「我讓明衡業放假一個月，你去暫代他的位子吧！」

「……是。」

一個月而已，對冥官而言一定過很快的，不擔心！黑白無常應該也會賣我面子，不會過度為難宋昱軒的！

最後明衡業還是輸了。險險躲過的火籤忽地放大，把反應不過來的他撞了出去。

「表演賽優勝者，黑白無常！」白無常優雅地甩著長長的白髮，把巨大的火籤收回，變回平常人白腹黑的白無常。

「好啦，你們三個來說說最近如何啊？」

「很好。」

「我覺得不錯啊！」

「一點都不好！我想要放假！」

一人一句，很明顯哪一句是可憐的拉拉弟說的。

「簡小姐！幫我評評理，我休假一個月不為過吧，我已經為黑白無常兩位大人賣命十年了！雖然只是短短的十年，但我每天都過得心驚膽跳啊！我跟殿主們要求人手一起輪班看著黑白無常大人，卻遲遲不予批准。冥府就是太疼冥官，捨不得冥官來我們這邊受苦啊！可是我真的好想放假啊！簡小姐，您一定要為我做主啊！」

為什麼這段對話這麼像古裝劇市井小民對包青天深情喊話的台詞啊？包青天就在第五殿，自己去找閻羅給你做主啊！我只是無牌無照的冥府心理諮商師！

……白無常會變得這般用拳頭說話也有一部分是年少輕狂的我的錯就是了。

所以，我能做的只有握起拳頭，用被聖水和符文加持過的烘焙手套左右開弓往黑白無常兩位揍下去！

「你看看，你們的下屬被你們搞到都不敢休假了！還不給我自制一點嗎！」

明衡業點頭如搗蒜，連哭腔都出來了，「簡小姐，妳就幫我跟殿主說句話啊！妳也看到表演賽了，明廷深實力還不錯吧——」

「不行！」這個人選我直接否決，「明廷深沒有自信心，缺乏決斷能力，說不定黑白無常揍人的時候還會跟著幫忙。」

深知自己朋友性格的明衡業僵了一下，然後含淚認同地點頭。

這傢伙真的好可憐啊……我注意力放回白無常身上，「我之前教你的方法呢？」

「呃……筆記本用完了。」

「這是藉口嗎！」拳頭跟著情緒動了起來，又往白無常頭上敲了一記，「自己不會再找一本喔！」

「可是……我找不到一樣款式的筆記本。」

「那是因為那本是一部老動漫的周邊！停產了！」面對這麼蠢的白無常，我已經無力再揍他了。

「那你呢？最近為什麼沒克制好也一起動手了呢？」

黑無常沉默了三秒鐘，最後回答了這麼一句，「看不下去。」

這種欠打的回答，什麼都別說，掄起拳頭揍一波再說！被烘焙手套上的符文敲痛的白無常抱著頭跟我喊道，「佳芬，我們也很困擾啊！身為冥神卻連冥官的規則也要遵守……妳倒是勸勸殿主別再攔我們啊！」

「你是文明人嗎？」

「是啊。」

「那你就要懂得自制啊！」

「佳芬妳真的想知道那抹靈魂死相有多悽慘嗎！神可以降天譴，為什麼我們兩個不行？我們好歹也是冥神啊！」白無常說得振振有詞，只換得我的白眼一枚。

「這是你們制度上的問題，我是能怎麼幫你們解決！我只是剛好看得見的小小人類欸！」

宋昱軒的聲音從後方輕輕飄來。「妳這個小小的人類正把兩位冥神的臉按在桌子上滾。」

我真有先見之明，為了這次諮商把蒼藍叫來在我的餐桌背面多加持幾道符咒。

黑無常還敢給我回嘴，「嗚嗚，佳芬小時候都不會這樣子對我們的……」

「對啊，以前還會『無救哥哥、必安哥哥』地跟在我們後面跑……」

「一定是大學把佳芬帶壞的。」

「真的！」

「你們兩個是嫌我『物理治療』的強度不夠是不是？需不需要我把蒼藍叫來加強符咒效果？」

就算是黑白無常，聽到了蒼藍的名字也只能乖乖噤聲，不敢再多說些什麼。我也就饒過了他們，倒回椅子上雙手抱胸，「你們冥神跟冥官的尷尬處境我真的無能為力，但是——」我望向被我晾在一旁的苦主，「我先解決你的放假問題。你說你想休假一個月，對吧？」

明衡業眼中閃著希望的光芒，奮力地點頭。

「宋昱軒幫你代班一個月，你一個月休假之餘，也趁這個時候去找可以跟你一起輪班看著黑白無常的人——昱軒，你說你什麼時候才有空幫忙？」

「三個月後。」

「嗯，所以你這三個月就好好規劃你想去哪裡度假吧——你怎麼了？」明衡業低下頭，肩膀抖動著，忽然「哇」的一聲抱住了我——雖然第一次靈魂凝聚得不夠，整隻鬼穿過我的身體，但是第二次他回頭撲的時候是真的抱住了我，冰涼的感覺再搭上他的眼淚，我有種在冬天淋雨的感覺。

「簡小姐，您真的對我太好了！我就算是放假也不會忘記您的大恩大德的！」

竟然哭了！能放假很感動我知道，但需要這樣痛哭流涕嗎！被獲准放假的拉拉弟緊抱之餘，我指著呆愣著的黑白無常厲聲說道，「不准欺負宋昱軒！昱軒，你看苗頭不對或者自覺攔不住的時候就搬出我的名字，就算趕不到現場阻止，我事後也會讓他們嘗嘗拖把的滋味！」

「是。」

「有宋昱軒前輩我就可以安心放假了嗚嗚……」

「佳芬妳對我們好狠啊！他是宋昱軒耶——」

「我怎麼了嗎？」

宋昱軒和黑白無常迅速交換眼神進行無聲的對話。最後，白無常咬緊下唇，所有的抗議全部吞回肚裡。黑無常則是認輸般地念，「阿業放假的這一個月我們會自制的。」

你們平常就應該自制了好不好！

明衡業

主訴：過於盡責導致的過勞。

處置：讓助理宋昱軒前去代班一個月，期間讓個案前去尋找可一起輪值的人選。

備註：根本上還是得從黑白無常那邊治療。

謝必安（白無常）

初步診斷：無法控制的揍人念頭。

治療評估：死亡筆記本療法失敗。

處置：換個拉拉弟試試看。續觀。

備註：有空逛個網路商城找找有沒有同款的死亡筆記本。買個十本再給他試試看。

雖然最近又一頭栽回去當冥府心理諮商師了，但是我是人不是鬼，還是得賺錢才能養活自己，所以急診該上的班還是得上。

「佳芬，十床在找他的護理師喔！」

「我馬上過去！」

「佳芬最近精神比較好了呢！」我處理完病人的問題之後，路過護理站聽到小魚欣慰說道，育玟學妹也跳出來說，「真的！佳芬學姊前幾個禮拜真是嚇到我們了！」

「我只是需要點時間調適而已。」一方面也是從不同面向問到了我想知道的事情，所以放鬆了許多。

我還是很討厭被蒙在鼓裡的感覺。

「不好意思，我想找簡佳芬護理師。」

剛好坐在櫃檯的小魚當起擴音器，「佳芬，有個小妹妹找妳！」

有，我有聽到那個蘿莉音，也有看到不知道為什麼出現在這裡的人。

為什麼一個兩千歲的蘿莉冥府術士會出現在我們醫院啦！

「曉蕾？妳怎麼會在這裡？」最可怕的是，妳不要再用水汪汪的大眼一一掃過在場的醫療人員，我都能看到同事們被俘虜融化的表情。

「哥哥叫我來幫妳送午餐。」

敢情妳哥是何方神聖！贏政嗎！

「妳男朋友的妹妹也太可愛了吧！」

「不是啊，我——」等等，曉蕾沒有否認她是「我男朋友的妹妹」這一回事……她就那麼順理成章假扮是宋昱軒的妹妹嗎？宋朝的昱軒真的經得起這個秦朝的蘿莉喊「哥哥」嗎！

「佳芬姊姊？」

「妳的哥哥是宋昱軒嗎？」我深深嘆了一口氣，配合演下去，「他是昨天煮太多才拿一份給我的吧？」我打開蓋子偷看一下菜色，裡頭竟然是中規中矩的三菜一肉，甚至知道我討厭吃肉所以肉的比例很少，還在白飯一角擺上我喜歡的辣醬菜。

……

……你們到底是用了誰家的廚房！該不會是我家的吧！那醬菜不是我冰箱裡的嗎！我的冰箱應該沒有再爆掉一次吧——再說了，鬼煮的飯真的能吃嗎！

到底為什麼忽然幫我送飯啊？我望向兩千歲的鬼蘿莉，但她就只是微微笑著，沒有離開，也不跟我說自己想要幹嘛。

「妳等我一下，我去拿糖果給妳吃。」

用這招把秦曉蕾打發走應該不過分吧？但是我好像隱隱感受到曉蕾妹妹的白眼。

……那就自己說出此行目的，要不就識相離開啊！

「姊姊這麼不想要曉蕾留在這邊嗎？」

「別裝可愛，妳都七歲了。」聽到秦曉蕾這麼喊我，我雞皮疙瘩都掉滿地了……講七歲還是給她面子了——也有可能是給我自己一條活路吧？女生是很介意年齡的。

我用如同跟病患家屬衛教的語氣微微教訓道，「醫院感染源很多，尤其像妳這種小朋友更容易被感染。所以趕快回家，懂嗎？」

「那我應該就沒差了對吧？」

我一時還沒認出他是誰，但瞧見領口處別的天秤紋樣的徽章，我馬上把曉蕾藏在身後。說什麼我也不願意再看到冥官消散了！

「為什麼你會來這裡？」我的語氣一定很差，因為尹先生苦惱地皺起眉頭，「不是見過一次面了嗎？佳芬小姐這樣實在太見外了。」

他這番話不僅使護理站的醫師護理師和書記對我側目，就連周遭的病人都對我投以奇怪的眼神……不對，那個奇怪的眼神是對尹先生的——

我內心勾起一抹邪惡的微笑，不慍不火地說，「你是不是對我有誤會？上次我已經說過了，我對你沒有任何的興趣。」

我忽然翻臉不認人還直接幫他降身分的表現讓尹先生愣了一下，只見他姿態低下地說，「佳芬小姐妳不要敵意那麼重。我知道直接來工作地點找妳很不好……」

「你也知道。」我直接下了逐客令，「給我離開，現在是我的上班時間，不是生病相關的事情請在我的私人時間再來找我。」

秦曉蕾輕輕捏了我的手一下，似乎有些不滿。但是我又不想斷掉尹先生這條內境的線……又或者說，想斷也斷不掉了。直接從他眼前消失反而更可疑，我這一個平凡人是能怎樣從內境人士的眼皮子底下消失？人家內境可是（根據蒼藍說法）有自成一格的管理、超越當代的科技和把許多虛幻理論化為實際的魔法和法術，有著這龐大資源的人我是能怎麼躲啊！反正為了維護冥府的機密，我相信冥府在我每次諮商前都會檢查我有沒有被下詛咒或者法術。

尹先生聽見我不排斥他之後露出滿足的笑容，「那麼我會在附近等妳下班。」

「我管你想要怎樣，現在給我離開。」用詞都這麼直白了，總該聽得懂了吧！尹先生還是如他一貫的紳士作風，輕輕頷首後轉身離開。直到人離開急診室後，我才轉向兩千歲的蘿莉，「妳也是，需要我找宋昱軒帶妳回家嗎？」

「不用了，曉蕾可以自己回去。」她鼓起腮幫子，不服氣地說，「曉蕾七歲了！已經是大人了！」

是是是，反正妳有的是辦法自己回去……冥府術士應該不需要借道城隍廟吧？

秦曉蕾在我的注視之下正規地從急診大門離開，我一度還擔心太陽的問題……但是看她還能抬頭直視太陽評估陽光的強烈程度，再拿出與她身上洋裝同款的遮陽帽戴上，應該是不需要我特別操心。

「佳芬，剛那個帥哥是誰啊？」

「我好像在哪裡看過他……是電視節目嗎？」

我有時都覺得急診護理師特別愛八卦……也有可能看見同事被混血帥哥纏上關心一下是人之常情。

「還記得上個禮拜有個腦出血加上一堆骨折結果AAD（自動出院／違背醫囑）出院的病人嗎？」我無奈地說，一方面也是讓同事知道這個人有問題不要再幫我做奇怪的聯想，

「他就是那個病人的朋友。」

急診室輪班制的，自然就又出現了不知情的同事向當班的護理師詢問，然後再由當日在場的同仁轉述，順帶參雜各種個人情緒。

「哇塞……朋友那個樣子還有心情來撩妹，看樣子他的朋友應該活下來了。」

「活下來根本是奇蹟，」侯醫師剛好也在，開出了當天的電腦斷層給大夥看，「我都想要再把人找回來問他到底做了什麼才沒有掛掉。說不定還可以寫個病例報告投期刊賺點數。」看得懂電腦斷層的醫師和資深護理師見到了那一大片白花花的出血無不讚嘆不已。

嗯……應該就是「奇蹟」的部分了吧？第一次看蒼藍自己治療自己的時候也會覺得很驚奇，看久了就習慣了。但至少我成功讓滿腦子少女漫畫情節的大家——更確切說是江小魚不再把我跟尹先生湊成對……缺點就是他們把宋昱軒捧得更高了，送便當這點更是加分了不少。

有比較有傷害，我就不相信以尹先生的顏值加上剛才的談吐是能低分到哪裡去，只可惜急診室的大家已經先見過宋昱軒了。

我到現在還是搞不懂秦曉蕾送便當給我的含意是什麼……總不可能是示好吧？

「不過佳芬，妳的異性緣真不錯呢！而且都是看起來秀色可餐的美男子喔！」

秀色可餐是怎樣……妳是要怎樣「吃」鬼啊！

被同事揶揄一番後，我總算找到空檔逃出護理站，但我沒注意到一抹黑影跟在我的身後走進了休息室……

那抹身影忽然把手搭在我的肩膀上。

「佳芬——」

「哇啊啊啊啊！」我差點就把筷子丟了出去，定睛一看，這不是和我同屆的昀禎嗎？

「佳芬，妳嚇到我了！沒事喊這麼大聲做什麼啊！」

「這句話是我要說的吧！」要知道，偶爾我運勢比較低的時候，可是連鬼的氣息都感受得到……輕手輕腳的人說不定還比較容易嚇到我。「有什麼事嗎？」

「就是……」張昀禎不引起他人注目，把討論室的門關上，聲音還壓低了，活像個做壞事的，「佳芬，我可以問剛剛那個——」

「我不知道他的聯絡方式。」

「不是啦！」昀禎連忙擺手，「我是想問，佳芬都是怎樣拒絕來騷擾的男生的啊？」

「咦？為什麼妳會這麼問？」

「因為……我有發現最近我被跟蹤了，家門口還會出現奇怪的飲料和信……可是——佳芬，為什麼妳這樣子看著我？」

為什麼？

我不想要連人類都把我當萬事屋啊！我是冥府心理諮商師，門口可是有標明不收人類的啊！可是同期被奇怪的人看上了不幫嗎？但是我又很想要跟昀禎說「腦子是個好東西，妳一定也有，方法自己想！」

自己思考解決方法很難嗎？為什麼從活人到死人都喜歡來找我問事情啊啊啊啊！

「佳芬？」張昀禎對著趴在桌上無聲哀號的我問。

「沒事，我只是忽然想起我家的瓦斯忘記關。」我知道這理由很瞎，但是昀禎八成不會在意。我打開秦曉蕾送來的愛心便當，又聞又戳，確認吃下肚不會直接掛號急診後才放入口中。

意外地好吃，比醫院的值班便當好吃上百倍。值班便當打開起來看到紅蘿蔔炒白蘿蔔的時候我就想吐，更別說曾經吃到蟑螂的部分了……

「妳什麼時候發現自己被跟蹤的？」不行，別被美食誘惑了趕快回神！知道了同期被跟蹤還不多關心幾句，傳出去只怕對形象很不好，至少問一問——

「大概……一個月前吧？」昀禎一邊動筷子一邊回想，「那時候我發現信箱裡被人放了一個餐盒，全是麵包的那種。我原本以為只是放錯信箱了，就把它貼了字條放在信箱外讓主人自己來認領……那次餐盒就這樣消失了。」

餐盒消失和跟蹤狂應該沒有太大的關係。說不定是街友拿走，也有可能是被流浪貓狗叼走的。我停下筷子，或許我的肢體語言讓昀禎意識到我真的有在聽她的敘述，她也接下去說，「可是，之後我也陸續發現放在大門旁的蛋糕、飲料、餅乾……最近還直接放在我家門口——佳芬，妳說這應該怎麼辦啊？」

怎麼辦……既然是如此單純且無魔法元素牽扯其中的困擾，第一件事當然是——

「妳有報警嗎？」

「有啊！」昀禎憤恨地說，「可是警察說沒有明確的證據，無法定罪。」說到這裡，昀禎低頭垂下肩膀，這般無助的同事是要我怎麼放著不管。

反正這個看起來是好解決的案例，就接下來吧！解決一個人類跟蹤狂總比讓白無常不再失控揍人簡單吧？

「找一天我陪妳回家看看吧！」

三天後我就後悔這個決定了。

也不知道是秦曉蕾搞鬼還是蒼藍放了一堆怨魂出籠，尹先生當天並沒有真如他所說在醫院外等我下班。這還真讓我偷得幾日的清閒，順便張羅要幫張昀禎的東西。因為對方應該只是單純的人類，我就沒特別找蒼藍了，提袋裡塞了一瓶防狼噴霧、一個防狼警報器再加上一根自拍棒就準備去抓跟蹤狂了。

什麼凳子是十大武器之首……你有看過有人帶凳子到處走的嗎？多不方便啊！當然是隨身帶一隻鈦合金自拍棒，能伸能縮又輕巧，真遇到惡人就把他當球棒揮下去就是了。

「佳芬沒有機車嗎？」當我提出「求被載」這種廢物要求的時候，昫禎訝異地望著我，如同我是從鄉下來的鄉巴佬，「沒機車妳是怎麼在這邊過活？」

「附近公共交通工具還算方便。而且我也沒有那麼常出門。」

事實就是：我的直線七秒考了七次，一怒之下我就不考了。反正附近公車捷運火車都有，偶爾還會有超自然的移動方式，機車算什麼？我臉皮夠厚的話傳個訊息給蒼藍，三分鐘後就可以橫跨太平洋在夏威夷的海灘曬太陽了。

昫禎也沒有繼續深究，遞了安全帽過來就示意我爬上後座。她的機車還算平穩，但還是讓我嚇到了。

因為她的機車停在一間按摩店前面，還是那種一看就知道很有問題的按摩店。

我的同期有惡劣到把我賣了嗎！

「昫禎……」

「哎喲，不用大驚小怪啦，這整排都是這種店。」

我就是知道！這一條是附近最有名的風化街啊！

「我家在四樓。」

「……」我先無言為敬，已經預期得到待會兒問題的答案。但是有時候事情或許不是我們想的這樣——

「昀禎妳怎麼會租這裡！這裡很——」

「還好啦，趕快進去就好了。樓下的姊姊看到我還會打招呼，很親切的。」昀禎說得很理所當然，「這裡租金便宜啊！一個月只需要一千五還套房耶！我們醫院附近套房都要四千五起跳。」

但是錢不是這樣省的啊！錢再賺就有，命要緊啊！

這下苦惱的就是我了。我既然已經答應幫忙了，那麼就得幫到底不然對不起自己的良心。可是……這裡出入這麼複雜，我是要怎麼找跟蹤狂啊？這裡經過的每一個人都很可疑啊！

看來又得拚創意了。但還是多多了解跟蹤狂的習性比較好。我問昀禎，「妳會有那種『被人注視』的感覺嗎？」

「沒有欸……應該說我也感覺不出來吧？」

那麼直接找到跟蹤狂這一個選項是死了。我又問，「那麼妳通常下什麼班的時候會收到神秘小禮物啊？」

昀禎仔細思考著，良久才回覆道，「仔細想想，通常都是小夜班結束後看到禮物。小夜班看到的禮物比較新鮮，有時候會有還有溫度的熱飲。」

小夜班是四點到十二點……我們的班表很不固定，也貼在一般民眾進不去的地方，所以跟蹤狂取得班表的可能性較低。要能知道昀禎的上班時間的話……

莫非是我們院內的同事？

「佳芬，站在這裡不大好，妳要不要先上來我家坐一坐？」

「好啊！」的確，兩個女生站在可疑按摩店前面真的安全堪憂。正當我擔心是否得穿過按摩店的時候，昀禎把我領向一道不起眼的鐵門，兩人一前一後爬上樓梯。

我首先注意到的是攀附在樓梯轉角的嬰靈……墮掉或流產的胎兒靈魂通常會直接進入輪迴，所以這種應該是生下來後被殺死的。

我儘量忽略那抹空洞的遊魂，免得不小心誘發靈異事件。之後通知雅棠來處理就夠了，可是當我在三樓右邊那戶的門上看到血紅色的小小手印的時候，我就知道這棟樓很不妙了。

看來領路人不足以應付了，還是連行刑人也一起叫上才比較安全。反正通報雅棠之後，她自己會評估需要的人手。

「啊，今天又有了。」昀禎指著地上的盒子，她拿起來打開，裡面是精緻的杯子蛋糕。

盒子還是冰的，剛從冰箱拿出來。而且盒子上面還有署名是給「張昀禎」。

「果然也是小夜班嗎？」現在是凌晨一點，我和昀禎正是小夜班結束後過來。基於昀禎

都可以為了省錢住在這種危險地方了，我不放心問，「這些東西妳應該沒吃過吧？」

「廢話！」昀禎在我身後帶上鐵門，「我還是很愛惜自己的性命和貞操好不好！」

至少這麼一點安全意識還有……但我完全放不下心。眼角餘光瞄到的不詳紅光讓我很不舒服。

……我會記得幫妳找行刑人的。

「這裡喔！」幸好昀禎帶著我遠離紅光穿過客廳，她打開大燈開關，映入眼簾的是一間乾淨到發亮的套房。

「妳房間也太乾淨了吧！」連遊魂都沒有，實在太好了！

「我一個禮拜至少拖一次地，垃圾也幾乎每天都在倒。」昀禎說，「我怕蟑螂，所以房間會儘量維持在蟑螂受不了的乾淨水平——佳芬要喝咖啡嗎？」

「不用了，我等等回去就要睡覺了。」我的眼角餘光又看見了紅光，還要假裝什麼也沒看到故作輕鬆地開始話家常，「妳有這麼缺錢嗎？有必要為了省錢住這邊嗎？」

「想買房在存頭期款啊——」昀禎無奈地說，「現在屋子那麼貴，一間公寓的頭期款動輒要三百萬。不省點錢我連看房子都不敢看啊……」

不要說看了，我連買房子這個念頭都打消了。看我住一個月租金一萬八的大樓就知道我完全沒有想買房的意願，那個房價根本下不了手啊！反正死了也帶不走，目前也沒有結婚的打算，還不如活著的時候租好一點住好一點。一個人住也比較不擔心諮商時的靈異現象嚇到室友。

我偶爾都覺得我的價值觀有被冥府影響。

「但是安全還是比較重要吧……」

「哎呀，我都住在這裡第二年了，沒事的沒事的。」昀禎似乎是想讓我放心，指著我身後的房間，「那房間住的也是我們院內的，她都會固定來關心我呢！而且房東也有跟我說如果因為樓下特殊行業的聲音讓我困擾的話，他會幫我去溝通的。」

昀禎指的地方剛好是紅光的發源處，這更讓我感到內心發寒。而且紅光的源頭似乎有越來越接近我們的趨勢。我已經能看見那紅光映在昀禎的臉上。

「那妳有跟房東反映過跟蹤狂的事情嗎？」

「他只說他會想辦法……可是他想了兩個禮拜都沒什麼進展……」昀禎苦惱地撐著下巴，「我才不要為了一個跟蹤狂搬家呢！我還希望那個跟蹤狂可以當面送我禮物讓我可以直接拒絕他。」

昀禎身後的窗戶已經能夠看見怨魂的形狀。但我怕她知道我「看得見」，不敢細細打量，只注意到她是女生。她對我沒有惡意，只是好奇。顯然我沒有觸發她的執念，但是身上的保護還是吸引了她的注意。

「不然妳下次留張紙條在外面，說要見面？」我提議道。「見面的時候記得通知妳的男性友人，不然找我也可以。我可以叫我朋友來幫忙。」意識到自己說了什麼後，我馬上搖頭，「不行，他知道妳的班表，這樣子他說不定會抓不是約定好的那天跟妳見面，這樣妳反而更危險。」

一定是那隻越來越接近的怨魂打亂了我的思緒！約見面是多麼危險的事情啊！尤其風化街出入這麼複雜，誰知道來的會是怎麼樣的人！

我就是歧視會去尋求性服務的人怎樣！老娘絕對尊崇一夫一妻制，也徹底拒絕婚前性行為！然後後面那隻怨魂可以不要再靠過來了嗎？我也會怕的啊！我都已經開始在腦內胡言亂語轉移注意力了拜託不要逼我打電話叫蒼藍啊！

昀禎盯著我看，我一度以為她看見了我身後的怨魂所以才一直盯著我看。

「佳芬跟我想的不太一樣耶！原來妳是心思如此縝密的人嗎？」

後頭的那隻怨魂伸出手探向我的背，我不知道怨魂這個舉動有什麼意思，但我知道那隻手摸下去我輕則感冒重則現場暴斃，然後我還要假裝什麼都不知道地回應昀禎。

「我是很努力地在用腦子幫妳想辦法好不好……」說話同時，女鬼的手已經快觸碰到我的背，忽然一道白色類似防護罩的東西把女鬼彈飛了。掛在脖子上的蒼藍牌項鍊在防護罩出現的瞬間變得滾燙，然後熱度很快就消退。

「真的謝謝佳芬，不然我確實不知道找誰了……我在這裡也就一個人，也不敢告訴家人。」

「感謝我就趕快搬家吧！這裡真的不能長住，安全第一懂不懂？」所幸女鬼沒有繼續攻擊，而是警戒地退回遠處繼續觀望。

感謝蒼藍的護身符讓我安全度過難關。

「沒事的啦，我會自己照顧好我自己的！需要幫助的時候我會再找妳的！」

「到底該怎麼辦呢……」

「自從從風化街回來妳好像就很苦惱。」

「不要把話說得那麼奇怪！我只是去朋友家！」我瞪了宋昱軒一眼，宋昱軒嘴巴上說著「對不起」，但表面上連一點反省的模樣都沒有。

「妳可以叫我們去蹲點，然後把那個跟蹤狂找出來。雖然我們無法拍照，但是我們還是可以幫妳指認犯人。」

我直接拒絕了，「不需要，這是人類的範疇，不需要勞煩冥官。再說了，如果你們去蹲點，被內境人士看到了怎麼辦？」不僅僅擔心我的人類友人的安全，還得考量到冥官朋友們的處境。不然麻煩冥官去蹲點指認一定最快。「說來，那邊的怨魂……」

「遊魂被雅棠帶走了，怨魂則被蒼藍裝走了。蒼藍說最近需要大量怨魂，在補充庫存。」

大概是在幫我轉移注意力所以需要大量的怨魂吧？

「至少把鬼魂的事情給解決了啊……那麼跟蹤狂的問題該怎麼辦呢？」我喃喃道，一邊看著越來越精彩的武鬥大會。三號擂檯那個單用拳頭還能占上風也太帥！加個娛樂效果分好了。一號擂檯的劍法也太漂亮了……但是好像沒什麼用，再優雅也被對面的大斧壓著打。但是挺漂亮的——也打個分數好了。

「以妳平常對我們的方法，大概就是把跟蹤狂抓起來揍一頓吧？」宋昱軒認真地回想，「說不定還會吊起來遊街。」

「你今天都沒有賽事嗎？」被說中的我有點不開心，怎麼說得好像我很暴力一樣？「你不是下一場嗎？都不用下去準備嗎？」

「不用準備了，那場大概會輸掉。」哪有人打輸還這般理所當然的啊？我看了一眼對手，是隋朝的行刑人……宋朝的昱軒好像真的沒有什麼贏面。

果不其然，宋昱軒幾乎在三分鐘內就被打出場外，止步十八強。回到我身後接手縛靈繩的宋昱軒也不見一絲氣餒，想必是知道自己的實力不如人吧？

「所以妳有打算把跟蹤妳朋友的跟蹤狂吊起來抽一頓嗎？」

我當機了一下才發現宋昱軒是在繼續比賽前的話題。我說，「不是每樣事情都能暴力解決好不好……」看來「物理治療」的形象在宋昱軒腦裡已經根深蒂固不容改變了。我嘆了口氣，「人類要考慮的面向太多了，不好處理。我可不想要處理到最後昀禎就在我眼前被黑白無常帶走。」

人類會死，冥官會消散。但人類不只會死，還會受傷，相較於冥官脆弱太多了。

其實叫昀禎搬家才是最根本的解決之道。那裡的出入太複雜了，即使阻止了這個跟蹤狂，那邊的環境是否會醞釀出另一個跟蹤狂都是一個問題了。但是昀禎好像真的不打算搬家……

所以我才討厭諮商人類，人類有太多需要考量的因素，太複雜了。

難道真的得從跟蹤狂下手嗎？雖然那天拿了防狼的行頭過去了……但那只是為了應付意外啊！我根本不想要在「意料中」和跟蹤狂有任何關係！等等，說不定其實那個跟蹤狂只是一般的愛慕者呢？這樣的話理智溝通應該還行吧？但是這樣子我會不會把自己也賠進去啊！

煩死了！到底為什麼不能吊起來打一頓啊！再來一次就再吊一次！

「簡小姐，妳好像真的很煩惱呢！真的不需要我們幫妳找嗎？我用水鏡找人很快的！」

「真的不用了……」

「那麼幫妳把跟蹤狂嚇跑呢？」兩千歲的蘿莉笑得一臉無害，還比了一個美少女戰士的招牌姿勢。

「我真的需要的時候就會來找你們的……」重點就是，我不想要因為人類的問題拜託冥官，久而久之會有依賴性，就跟毒品一樣。我還想要保有一點平凡人的尊嚴。

我還是老老實實地叫昀禎買個針孔好了，這就是最沒創意又最實際安全的方法。存證了之後再送警察局看看受不受理吧。

……結果那個針孔攝影機一點都不針孔，昀禎家的鐵門沒有一個地方可以藏機體。我手握著針孔攝影機，內心咒罵著自己為什麼那麼笨，就這麼噴了一張小朋友買了個廢物。

「針孔攝影機我也有想過，但是……」昀禎指著細細的老舊鐵花門，「妳明白的。」

我在為我的一千塊哭泣。

就當作買給自己以後用吧……以我跟內境的接觸程度來看，說不定我還真需要一個，小心惹錯人橫死街頭的時候才能給我弟弟一個交代。

自出生聽到大的垃圾車音樂在街口若有似無地傳來。

「等我一下，我出去倒個垃圾。妳可以去我房間坐一下。」昀禎鑽進屋子，提了一袋垃圾就往樓下衝……

現在是晚上九點。

「等一下！」我終於知道跟蹤狂是如何掌握昀禎的班表了。這麼簡單的事情我竟然一開始沒有聯想到！我是白痴嗎！

「今天先不要倒。」

「可是食物會引來蟑螂？」

「我晚點幫妳提回我家丟。」我把人趕進屋子裡，「進去了我再跟妳說。」

「妳看，果然有了吧！」剛過一點，這正是昀禎平常上完小夜班會回到家的時間。我打開她宿舍的鐵門。果不其然，一盒削好的水果就躺在門前，盒子還是冰的，上面一樣貼了字條署名給昀禎的。

「真的耶！佳芬妳也太厲害了吧！」

「剛好聯想到而已。」

有些生活習慣太理所當然了，我們不會去思考這些習慣被有心人士利用。跟蹤狂每回都送食物，食物都會被昀禎丟進廚餘桶，又剛好昀禎只要有廚餘就會出去等垃圾車倒垃圾。所以昀禎沒出去倒垃圾的那天就是上小夜班的時候，跟蹤狂只要躲在附近就能觀察到昀禎的行蹤。名字可能還是昀禎和別人聊天的時候被跟蹤狂聽了去，又或者是昀禎無防備之下，自己告訴了假裝一起倒垃圾的跟蹤狂。名字的寫法就更容易了。既然都知道了念法，就在那棟樓的信箱多翻幾個禮拜，這樣子連是大樓的哪間單位都可以知道了。

風化街出入已經夠複雜了，再多一個鬼鬼祟祟的人真的不會引起太多注意。這是個安全的國家，所以人民不會太過注意這些小細節，這些小細節一旦被有心人士利用了，行蹤也就被掌握了。

「那我會多加留意的！至少不要再讓跟蹤狂送東西來了……我每次看到心裡都會覺得毛毛的。」

「這些傢伙就是噁心。」我可不像昀禎那般文雅，字詞的選擇犀利很多，「那麼我就先回家啦！明天見。」

「快回去吧！路上小心喔！」昀禎揮著手，「真是很謝謝妳。」

「不會。」走下樓梯時，我留意到樓梯的嬰靈和三樓門口的小手印已經消失了，看來雅棠和蒼藍真的有把「好兄弟們」清乾淨。

不過大樓大門貼著的那張字條……

「離昀禎遠一點。」

呵，看來又被人身威脅了啊！我當下做的第一件事是打電話。

「喂，昀禎啊！我傳給妳一張照片喔……我就跟妳說這邊不能住人吧！快搬家啦！」

你以為那天晚上這樣就結束了嗎？

並沒有！

我那天一邊滑手機一邊離開，很快就發現有不速之客尾隨著自己。會發現還是因為我的靈異體質正常發揮，從摩托車後照鏡的倒影看見了怨魂的紅光，一併也看見怨魂纏著的那位仁兄。

我立刻就發了訊息拜託昀禎幫我報警，然後叫她不要出門救我。同樣是護理師的話，一定明白「先保護自己，才能保護別人」這條鐵律。

我朝著便利商店前進，假裝自己沒有發現身後的跟蹤狂。本來去是為了叫計程車，現在去是求救就是了。

但我完全低估了身後那位男士的敵意。我還來不及向超商店員求救，後面那個人就進了店裡，彷彿我拆散他的好姻緣般（或許真是如此？）狠瞪著我，更向我撲過來。

我？我當然是先跑再說。

自己嬌小的體型這時還真發揮作用了。我稍微壓低身軀就能躲在置物架之間，開始跟跟蹤狂玩「鬼抓人」的遊戲。很快地他就發現置物架很礙眼，一個使勁就把置物架推翻，商品全部灑在地上惹得超商的大夜班工讀生躲在櫃台後怪叫連連。我也隱約聽見了他撥了電話叫警察。

置物架一個個被推倒，我也漸漸失去可以藏身的地方。基於保護可憐的工讀生的心理，

我也不想要躲到櫃檯後面。

警察呢！快點出現啊！

我已經退無可退，背貼在冰箱門上，手中緊緊握著防狼噴霧。

「妳為什麼要破壞我跟禎禎的感情……」

還「禎禎」咧——靠，原來打一開始我就聽到的喃喃自語是在說這個啊！剛剛躲人都來不及了，根本沒有心情去解讀他在說什麼鬼話！而且那渙散的眼神加上不穩的步伐……不是喝酒就是嗑藥了吧？

跟蹤狂在離我五步遠的時候，我把防狼噴霧舉到他面前，奮力地按下去——

……

該死，防狼噴霧的保險忘記打開。這裡順便給各位一個機會教育：隨身帶著防狼噴霧是沒有用的，記得要學會如何操作。不然就會出現像我這樣的尷尬情況。

看到防狼噴霧的跟蹤狂被徹底激怒了，不僅一把打飛防狼噴霧，更一拳揮向我的臉。這一拳還是被我反射性手護頭的動作擋下了，但是力道之大也使得我摔在地上。

「禎禎是愛我的，她每天都在偷偷觀察我，我也在偷偷觀察她……」

夠了，請你閉嘴好不好！我連滾帶爬想要爬起來，跟蹤狂卻抓住了我的腳踝往他的方向拖去……

然後跟蹤狂就倒地不起了。看著他昏死在地上與我面對面的臉，我只覺得噁心，奮力把他的臉推得遠遠的。此時，一隻手出現在我視線中，手的主人滿臉擔憂的表情道，「佳芬小姐，你還好嗎？」

幹，倒了一個跟蹤狂又要應付另外一個。

「為什麼你會在這裡？」我的語氣極度不悅。

「對救命恩人是這般說話的嗎？」

「問題就在於我並沒有請你救我。」我無視他伸出的紳士手，自個兒站了起來，不客氣地說。我現在聽起來一定很欠打。

「如果我沒有救妳，可能會發生很不好的事情。」

「你大可說我會被人幹或者被殺掉，我成年了。」我轉了轉自己的手臂，這個絕對會留瘀青。移動不成問題，大概沒什麼事。頂多明天上班的時候順便掛號給老闆看一眼。我對尹先生投以鄙視的眼神，「你跟蹤我？」

「我已經跟妳說過我會等妳下班，這應該不是跟蹤吧？」

不，在我眼裡就是跟蹤。你跟地上那位的差別就只有「我認識你」和「我知道你對我沒有惡意」而已。內境人士對我有惡意的話，我早就死了，更不會有命在這邊跟他爭辯這些有的沒的。

「離我遠一點。」我一邊整理衣服，一邊冰冷地說。

「我送妳回家吧。」他突然天外飛來一筆道，一般來說英雄救美之後說出這個提案也很正常。但很可惜的，他不是英雄，我也不是需要拯救的美少女。

「不需要，我等等還要錄口供。」說曹操曹操就到，警察車的鳴笛聲由遠至近，停在超商門口。可憐的大夜工讀生被嚇到說話都結巴，但是比著地上的手勢明確指出了犯人是誰。

我也很開心地聽到了這個嚇到昀禎的傢伙之前持械搶劫入獄，現在在假釋期間，所以這番鬧劇後，他又要被送回鐵欄杆後面了。看來昀禎不需要像逃難一般趕著搬家了。

不開心的事情就是，我從警察局出來的時候已經心力交瘁，但外頭還有個像口香糖一樣黏著我的內境人士。

「你到底有什麼毛病？信不信我現在轉身走進後面的警察局報案抓你？」

「嗯……」尹先生認真思考了一下，「他們也抓不到我吧？」

「該死的內境人士。」我開始後悔當時收下那張名片了。警察局的所在地還是離我家有點距離，為了避免天亮都還沒走到家的窘境，我又找了另外一間便利商店要叫計程車。尹先生就這樣默默跟在後頭。

我終於受不了了，回頭怒道，「你到底有什麼事找我？」

應該說，他到底有什麼事想要跟我說？打從他自跟蹤狂底下救我開始，就一直有種「我有話想跟妳說，但又好像不適合跟妳說」的表情。就算是現在，他也露出那種欲言又止的臉。

超煩。

他最後還是決定說了，「妳最近有死劫。」

「你可以更好笑一點。」這是我的第一個反應。

「佳芬小姐，這一點都不好笑。」尹先生搖頭，很認真又有點遺憾地說，「我上次見到妳的時候就留意到了，妳的面相極差，我還幫妳占卜過了，死劫就在最近——」

「占卜過了？」我感到一陣反胃，「你從哪裡找到我的生辰八字的？」

「西、西方的占卜不需要生辰八字也可以進行的！」

說得那麼心虛是在騙誰啊！還有——

「那就不要再跟在我後面了！我現在已經安全了！」

「都已經知道妳會遭遇不幸了卻還眼睜睜忽視嗎？」

唉，這種講不聽的石頭腦袋……說來，尹先生是內境人士，我不需要用人類的規則來看待他吧？

「我的死劫剛剛已經過了，放過我可以了吧！」

「不對，剛剛那個不是。」

說得還真篤定，或許尹先生當真有辦法知道哪個是他算出的死劫？

死劫……我是不想那麼年輕就被黑白無常綁走，但是該來的總會來的，躲有什麼用？

我別過頭，故意大大地嘆了一口氣道，「唉，既然你那麼堅持……」

尹先生聽到我近乎放棄的發言都鬆了一口氣。但是下一秒我抬起手，送他一整罐防狼噴霧。

我可是很認真地把整罐全新的防狼噴霧用個精光完全沒在省，就像噴蟑螂一樣。臉噴夠了連手腳和脖子也噴上一些，讓他辣個夠！

靠夭，再不聽人話啊！反正你們內境人士有魔法治療，這種防狼噴霧小事啦！不把你當人類看之後就是這個下場啦！

「佳、佳芬小姐，妳——」事實證明，內境人士不是萬能的。被噴滿臉刺激性液體的尹先生辣到在地上打滾，聽得出來他想要念咒語，但是聲音含糊到連咒語都無法啟動。

不枉我剛剛跟女警姐姐們討教防狼噴霧罐要怎麼用啊！

「叫你不要跟著我了就是不聽，活該！」怎麼可以讓你跟我回家呢？不需要進到家門看到那些被畫上符咒的『物理治療』道具，就會先看到門上層層疊疊冥府的保護，說不定還要再加上蒼藍的結界。平凡人的家裡保護那麼多怎麼看怎麼奇怪吧？

這牌防狼噴霧真好用，下次我再買兩瓶放背包好了。

我把尹先生丟包在路邊就離開了，完全沒有想救他的意思。

走了一段路之後，我停在河邊，對著空無一人的河堤說道，「應該可以出來了吧？」

可能是擔心我與冥官走在一起的畫面被撞見，宋昱軒這次是人類打扮，連冥官特有的綠色微光都收斂得一乾二淨。

「我原本想說妳被揍一拳了再出去救妳。」

「我不是告訴過你們不要幫忙嗎？」

「所以我才都沒有出面不是嗎？」昱軒和我並肩走在一塊，但卻感覺不到人的溫度和聲響，只有自他身上散發出來的寒冷。看來我的運勢最近真的很低，以前都沒有這麼敏感過。

「妳不叫計程車嗎？」

「我打算去下一間便利商店叫。」

計程車司機接客的時候看見辣到在地上打滾的男子應該會嚇到吧？而且現在有宋昱軒陪著，我也比較安心。

冥官的陪伴總是讓我比較放鬆。

「我去清理妳朋友住處的時候有看見妳朋友，」可能是一路太安靜了，宋昱軒開始跟我報備道。「她好像真的不太願意搬家。」

「那我也沒辦法啊……人類又不能像你們一樣，屋子都是公宅。遇到需要搬家的情況也是由宿舍管理處去接洽，確保對方滿意。」

宋昱軒在一旁沒有發表意見，而是等著我的下一道指示。

「你幫我去看看昀禎附近有沒有特別危險的人物。她的租屋處有一隻怨魂，雖然已經被你們處理掉了，但是到底是纏著誰的呢……」

「她那一戶沒有危險人物，我也幫妳檢查過了，沒有會吸引怨魂的物品。」

真的是太了解我了。

「那就先放著吧，昀禎那邊我再來勸勸看。」我看了一眼手錶，才驚覺已經凌晨五點了。武鬥大會的八強是早上七點開始，也難怪宋昱軒會出來找我，不然他們的娛樂項目評審就要缺席了。

忽然，遠方的路口站了一個人影，走近了才發現是熟人。

「雅棠？」

「啊，原來宋昱軒已經先到了啊！早知道我就不出來陪妳回家了。」

我真的嚇到了，雅棠平時不是都鎮守在遊魂服務中心嗎？怎麼今天也出來了？而且今天昱軒有在啊？

我警戒了起來，問道，「最近有發生什麼事情嗎？」

「嗯？什麼也沒有發生啊？」

「比較大的事情就是妳主動接觸了內境人士吧？妳掌握了那麼多冥府的機密，真的都不怕被抓去嚴刑逼供嗎？」

「啊哈哈哈……我會儘量斷了那條線的。」我也想斷交……但這個難度應該比情侶和平分手的難度還要高……面對宋昱軒的譴責，我有點心虛，趕緊轉移話題，「雅棠等一下有比賽吧？不用先下去嗎？」

「我們不像人類的運動競賽需要熱身，多待一會兒也無妨。」領路人在冥府的地位比較尷尬，非文非武又亦文亦武，所以當時新進的唐詠詩報名的是文官組，晉朝的雅棠則報名了武官組。

雅棠的原話是：「我報名文官組是要去欺負後輩嗎？」

現在看起來，不管是文官組還是武官組，八強名單除了一個唐朝的行刑人，其餘都是唐朝以前。晉朝的雅棠還是年輕的那個呢！

冥府的擂檯上，雅棠帥氣地身體一扭躲過了長槍的突刺，一個側翻加上一個後空翻，拉開了距離的同事也不忘記攻擊。或許今天是來戰鬥不需要做門面，平時的窄裙換成了比較便利……也比較不容易走光的褲裝，但腳下踩著的依然是那雙黑色細跟高跟鞋。

我是不知道冥官的衣服是怎麼個穿法……但是看秦廣失望的表情，看來應該和人類差不多。

「你真的是變態。」

「這不是妳早就知道的事情嗎？」秦廣完全不否認，一副理所當然地說，「偷窺是我這麼多年來唯一的興趣啊！我還能跟佳芬分析女性內衣的演變與發展喔！」

「你給我滾遠一點！」秦廣一定不會乖乖聽話，於是乎我也只能把桌子拉得離這位殿主越遠越好。

「秦廣，欺負佳芬小心會被她身邊的人報復喔！」雖然隔得遠，九殿的平等王還是好心提醒，「比如說正在擂檯上的那一位。」

雅棠失手的那一鞭把擂檯弄出了一道大縫，那一鞭的力道不只破壞了擂檯，還衝破了結界，打飛了好幾個在旁邊圍觀的冥官。觀賽的冥官可能全部都是被虐狂，波及他們的攻擊越凶悍他們就歡呼得越大聲，幾乎都快衝破冥府直達天界。

秦曉蕾見到自己的結界被破也沒有不高興，開朗地笑道，「看來我又得下去修補了……你們有人要幫我握著佳芬的縛靈繩嗎？」

坐在我旁邊的秦廣馬上自告奮勇道，「我可以幫忙。」

「不要！」誰想要把靈魂交在色鬼手上啊！「叫宋昱軒來！要不黑白無常也可以！」

「嘖，一點面子也不給啊？」

當然不給！那是我的貞操啊殿主大人！

宋昱軒來得很快，不出一會兒就出現在身後接手我的縛靈繩。

「幸好你來了……我可不想要縛靈繩落在色鬼手上。」

「喂喂，佳芬妳也太陰險了吧！還趁機告狀耶！」

閻羅的聲音隨風飄來，「她只是說縛靈繩不想要給你，你就不要自己對號入座了。」

「我、我是說——」秦廣王一時語塞，似乎還在尋找讓自己開脫的說詞……

不對，不只是秦廣王，就連其他的殿主的動作都停止。擂檯上，雅棠和與她對戰的行刑人一致停下攻擊，抬頭望向冥府的灰色天空……

灰色的天空突然裂了一個縫，照進了太陽般刺眼的光芒——

雅棠厭惡地罵了一句，「媽的法克！」

她也只有遭遇某一群人的時候嘴巴會比較不乾淨。

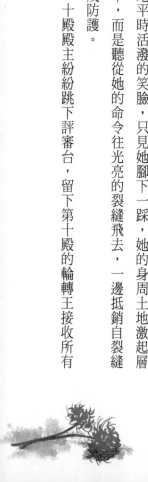

「內境來襲！」方才還在調戲女性的秦廣對著下方觀戰的冥官們吼道，「文官全數撤退，武官迎擊！曉蕾！」

「包在我身上！」秦曉蕾一甩平時活潑的笑臉，只見她腳下一踩，她的身周土地激起層層浪花，水花飄浮在空中並無落下，而是聽從她的命令往光亮的裂縫飛去，一邊抵銷自裂縫射進的光箭，一邊在裂縫周圍形成防護。

「昱軒，佳芬就交給你了。」十殿殿主紛紛跳下評審台，留下第十殿的輪轉王接收所有訊息並統一調度。他手握墨綠色的令牌下令道，「所有城隍聽令！冥府遭襲，請盡速回報管轄境內有無內境人士發動攻擊！一、二殿行刑人即刻前往人界協助搜尋。三殿的武官保護文官撤退，餘下的行刑人前去守住受刑魂別讓他們劫囚了！一、二殿的武官去替補行刑人的位置！」

輪轉調度得很有條理，武鬥大會的人撤得很快。我原本還擔心地多看幾眼，但是黑色的煙霧開始在宋昱軒周圍生成，「佳芬，我趕快帶妳回去——」

新的裂縫又在第二個地方開啟，這次秦曉蕾還來不及召喚水幕，如雨般的光箭落在了冥府的領土上。宋昱軒拔出佩劍，擊落往我們方向的光箭——

但還是漏了一枝。

一枝光箭穿過黑霧，繫住我的靈魂的縛靈繩就在我眼前被光箭斷成兩段。

「佳芬——！」

「妳最近有死劫。」當下我想起了尹先生對我的警告。

我伸出手，想要大喊卻發不出聲音。我彷彿被一道凶狠的亂流掃進急速的漩渦，不管是撈不到縛靈繩的宋昱軒抑或是想要嘗試抓住我靈魂的輪轉，在我眼前都成為模糊的色塊……

（我在冥府當心理諮商師　第一部　完）

【番外】

名為道德的界線

冥府是死人靈魂所去。此處並非生命的終點，最多只是個中繼站，由十殿殿主審訊之後，良善者進入輪迴，險惡者發配十八層地獄。十殿殿主根據靈魂生前的所作所為，給予其應得的獎勵與懲罰，結算之後再把這些靈魂送往奈何橋，喝下孟婆湯，忘卻今生與冥府的所見所聞，以嶄新淨白無知的生命，無論是人抑或是畜生之姿重新開始。

「靈性之物死後必定經過審判，衡量其善惡並依其分量決定歸屬」是這個世界創始之初便存在的規則，也是冥府運作的根基。只是在時間的洗禮下演變成現在複雜盤錯的制度。

靈魂審判與輪迴乃一大要事，自然需要慎重的辦理，縝密的流程。

如此縝密的架構自然會需要執行者，也就是「冥官」。

在世之人對死後感到好奇，曾嘗試許多方法一窺冥府的樣貌，並將之流傳於世。流傳的版本不同，也使得他們歷年來有許多稱呼：陰差、鬼卒、勾魂使者……而他們的正式稱呼則是「冥官」。

冥官當然細分成不同的職位：負責十八層地獄日常運作的「行刑人」，引渡迷失亡魂的「領路人」等……這龐大的組織架構往上追尋即可見到管轄冥府的十殿殿主。

他是十殿殿主之一，閻羅王。

但是他並不喜歡被稱呼為「王」，因為他充其量只是個管轄者，並無任何王室的特權與禮遇。十殿殿主之間也從未以「王」、「陛下」之類的用語互相稱呼，底下冥官亦對他們不施以大禮，僅以上位者尊之……

真要以現代社會的觀點來看，十殿殿主有點類似董事會，他就是十位董事之一。

「今天的殿主會議到此為止。若無其他事項，就此散會——」

「閻羅，」最末殿的輪轉突然發聲，「有一事要與在座各位討論之。」

原本都站起來準備各回分殿的殿主們紛紛落坐，等到閻羅點頭許可後，輪轉才開口道，「我想要撤換掉靖華。」

「為什麼？」唐朝靖華是冥府安插在內境的臥底，主要做情資蒐集，「他的年限應該尚未到吧？離人類的四十五歲應該還有至少二十年。」

輪轉先是吞吞吐吐，隨即才在其餘九人的注目下不甘願地報告，「他染上了人類的壞習慣……」

「吸菸？吸毒？喝酒？賭博？」秦廣一口氣猜了好幾個選項都被輪轉搖頭否定。

「他……現在有點性愛成癮的傾向。」

輪轉說完後，圓桌一片鴉雀無聲。是一向道德標準特別嚴格的宋帝先開了口，「靖華不是有老婆嗎？一個唐朝的孟婆？」

「花心和風流應該跟有無結婚沒任何關係。」第八殿的都市一句話命中核心，「可是這樣構成換掉靖華的理由嗎？就因為你覺得對不起唐詠詩？」

輪轉又是一個搖頭，「當然不是，那本來就是靖華自己的行為。我只是將他派往人界臥底的人，為何我要覺得對不起詠詩？如果單純是風流還真的不會讓我想換掉靖華，但是風流到忘記自己的本分和職責就無法原諒了。」

說到這裡，輪轉不住苦惱地扶額，「他只是去人界個兩年就變成這樣我也是很無奈……靖華也不止一次抗命了，不但沒定期回報，交付的任務也沒有定時完成。每次給我的理由都是他很忙。突襲他的時候就會發現他只是在床上很忙……我怎麼也想不到當年年輕有為又負責任的靖華會變成這副德性。」

圓桌又是一陣靜默，約莫過了三分鐘，閻羅才協助殿主們定奪，「那麼……我們換掉靖華，在座有人有任何異議嗎？」

這種情況當然不會有人有異議。只是第三殿的宋帝提出換掉唐靖華的最大疑慮，「我們有人可以頂替靖華的位子嗎？各位殿主隸下有能力足以進入內境臥底的人才嗎？」

自然是沒有，不然輪轉的臥底儲備名單就不會永遠那麼稀缺了。

「麻煩術士們呢？至少頂替到我們訓練出下一個臥底為止。」

「現在會理我們的術士也只有曉蕾前輩吧……」

「但是我們又不得不召回靖華。他都已經抗命到輪轉都提出撤換了……」

「我們不是還有蔚嗎？請蔚暫時頂替如何？」

「以他跟內境的過節，你覺得呢？」

「……對不起我錯了。」

「找他出來還不如我自己去當臥底，那傢伙曾經公然藐視冥府的規則……」

「講得好像你有足夠的能力去當臥底一樣——」

「大夥兒安靜，」面對開始有點失控的討論，他也發揮了會議主持的角色，「我們先召回靖華吧，至於後續如何我再跟輪轉商量看看。」不適任的臥底只會對他們造成威脅，還不如把臥底召回。冥府寧願當個無知的瞎子，也不想讓內境握有任何冥府相關的情報。

知識是最佳的武器。內境對他們的了解越少越好。

只是……

「閻羅，我們真的還需要臥底嗎？」散會後，輪轉故意走得緩慢，只為了問他這個問題。

他自己也有點猶豫。說穿了，冥府的臥底就只是監視內境，在內境點燃狼煙之前先行備戰防守而已。他們自古至今都沒有自內部重創內境或傷害人類的意願……

再怎麼說，傷害人類是冥官的大忌，這是他們無論如何都想守住的道德底線，也是他們與因為怨念失去理智和人心的怨魂最大的區別。這個大忌也成為他們曾經生而為人的最後證明……

……只是又有多少冥官因為這條道德底線而消散呢？

心煩意亂之餘，他帶了壺酒來到了人界。熟練地閃過廟宇裡的三兩信眾，在偏殿中找到他想找的人。

「稀客啊！什麼風把你給吹來了呢？」縣令裝扮的男子假裝訝異地說。「上次你上來人界是幾年前的事情了呢？有沒有一百年啊？」

「應該有吧？」他將酒杯斟滿，遞到這座廟宇所供奉的城隍手上，兩人就這樣站在城隍廟無人的小角落邊喝邊聊。信眾與廟祝看不見他們，自然也不會有人前來阻止。

「所以是什麼事？我的轄區有出現棘手的怨魂嗎？」面對沉默不語只是一味重複倒酒、一仰而盡再倒酒的動作，城隍難免開始瞎猜道。「有的話我會通知冥府的啦！怨魂危害到信眾也不是我樂見的——」

閻羅打斷城隍的話，「你就當作我是上來視察的吧。」他總不可能跟一介城隍談論冥府軍事的問題吧？也更不可能與城隍討論他在思考冥官的大忌與冥官的性命之間，是否應該適時做出取捨……

他扯了個與內心煩憂徹底不相干的話題，「人界好像改變了很多。」幾個信眾手上握有黑色長方形物品，他們似乎透過該物品與遠方的人講話，還有自敞開的門望出去有好些快速移動的，像是馬車的東西，只是沒有馬——

「那個年輕人手上的是『手機』，功能類似我們的流蘇，可以遠端對話。外頭在路上跑的叫『汽車』，是用汽油燃燒驅動的，載人之餘也很危險。速度太快一不小心就會撞死人。」

「以前都沒有這些東西。」

「人類一直在改變和演進，新奇的東西應該只會越來越多。說不定之後親人燒下去的供品中也會出現這些東西呢！」

是啊……人類一直在改變和演進。跳脫生死的他們好像只會在原地踏步駐足不前……

閻羅自覺又陷入了思緒中，立刻又找了個話題問城隍道，「倒是你，怎麼會在偏殿呢？一般而言你不是都待在主殿或後花園嗎？」

「後花園有個看得太清楚的小妹妹，我不想嚇到她。」

「小妹妹？」他剛問完，城隍便把他領到通往後花園的門邊。只見後花園的鯉魚池邊，有個不出五歲的小妹妹蹲在那裡，專心地看著池子裡以為她手上有食物而聚過來的鯉魚。只是小妹妹手邊沒有可以買魚飼料的錢，只得用小手撿拾身邊草地被落下的零星魚飼料丟進池子裡。

小妹妹突然抬起頭，視線與他對上，嚇得閻羅幾乎要躲在門後……要知道他可不是以溫和長相出名的啊！

但小妹妹不但沒有哭鬧，也沒有露出害怕的表情，而是繼續把注意力放在鯉魚上。

「她是……？」為什麼這麼小的女孩會一個人待在城隍廟的後花園呢？為什麼臉上和手

上又都有一些瘀青和擦傷呢？

「她的父母不是我的信眾，只是安親班在附近，所以先把孩子寄放在我這邊，然後就去跟其他的父母喬事情了……至少我剛聽起來是這樣。」

「喬事情？」

「好像是小孩子打架，雙方都受傷了。」

這就不難解釋身上瘀青的來源了……只是小女孩看起來很乖巧啊？被單獨留在後花園不吵也不鬧，怎麼就打架了呢？

在他意識到之前，他的雙腳已然邁開步伐，往小女孩走去。

小女孩抬頭，一雙清澈明亮的眼睛與他對視著，似乎不受剛剛與其他小朋友打架影響而顯得難過或憤怒。

「小妹妹，妳怎麼受傷了呢？」他一邊說一邊落坐在小女孩身邊。

「打架了。」小女孩回話的時候十分理所當然，好似打架對一個五歲小女孩是個正常、正確的事情。

「為什麼打架呢？」

「他們不相信我。」小女孩的語氣有點落寞，「安安的身邊一直有綠色的大姊姊跟著，可是安安看不見。她不相信我，就找了其他同學來笑我。然後……然後就打架了。」

這麼小就擁有陰陽眼的確罕見，通常只有內境的魔法師或道士後代才會有與生俱來的陰陽眼。只是這些孩子身邊都是相同的人，所以並不會否定孩子眼中的世界。

他正要安慰小女孩的時候，小女孩突然抓住他的衣角，想當然耳，小手就這樣穿過他身上的布料。她看著自己抓空的手心問道，神色逐漸黯淡，「所以哥哥你也是假的嗎？就像安安說的，是我想出來的嗎？那些綠色的阿公阿嬤，紅色的阿姨阿伯，也都是我想出來的嗎？」

聽到這裡，他不自覺為小女孩的遭遇感到惋惜……有這雙眼睛的情況下，注定不會有一個快樂的童年了……

但同時，他也不想否定小女孩眼中的世界。

「我是真的喔！」他儘量溫柔地說，然後聚集自己的形體，抬起手掌放在小女孩伸手可及之處，「不信妳摸摸看？」

小女孩半信半疑之下慢慢地移動她的小手，小手摸到他的掌心的時候，小女孩驚喜地說，「我摸到了！哥哥是真的的！」

「是什麼感覺的呢？」

「冰冰的！好像……好像冰箱一樣！」或許因為長久以來被否定的事情獲得證實，小女孩意猶未盡地換上另外一隻手，臉上驚喜的成分絲毫未減。

他嘗試跟小女孩教導「鬼」的觀念，「因為我不是人喔，所以會冰冰的。」

「大哥哥為什麼不是人？哥哥看起來是人啊？」

他正要順勢帶出「鬼」這個名詞時，小女孩突然想到什麼一般興奮地說，「我知道了！大哥哥不是人——」

所以已經有「鬼」的觀念了嘛——

「——大哥哥是個好人！」

突然的童言童語，讓他愣在了原地，一時無法接話。倒是小女孩一古腦兒地說，「對，大哥哥對我好，所以大哥哥是好人，那這樣的話安安就是壞人了！那為什麼老師要罵我不罵安安？明明安安才是壞人……」

後面小女孩鼓起腮幫子，忿忿不平地說。閻羅此時還是有想起自己是冥府殿主之一的閻羅王，該糾正的觀念還是得糾正，他可不希望小女孩之後長歪了。

「但妹妹妳也不能打人……」

「為什麼不行？是安安先推我的！」

他很想跟小女孩說「因為打架是不對的，妳應該先去找老師」之類的話，但他發現他說不出口。

小女孩被欺負，他卻指責小女孩不應該打架，因為打架不符合道德規範，是錯誤的行為……這樣的邏輯真的正確嗎？

……就好像內境先攻擊冥府，冥府卻因為自己嚴謹的道德底線而不反攻僅防守……長年來這種思路真的正確嗎？

或許有人會去指責小女孩口中的「安安」不應該打架，但不會有人去指責內境不應該攻擊冥府。但如果有一天冥府還手了，一定會有許多人或少數的神譴責他們的行為……

但又如何？

對他們而言，內境才是小女孩口中的，對冥府而言的「壞人」啊！

事後回想起來，或許「心理諮商」最早就開始於這個瞬間。雖說只是一番童言童語，但不得不說，這番對話給了他內心想法一點點的改變。

或許之後，冥府真的被內境毫無來由攻擊時，他可以與其他殿主們好好討論那條道德底線繼續存在的意義。但在這之前……

「小妹妹，妳想餵魚嗎？」

小孩子的注意力很快就被更有興趣的話題轉移走，「想！」

他對站在遠方旁觀的城隍比了個手勢，城隍便往他的方向丟出一管魚飼料，他也眼明手快地接住了。

「來這裡，哥哥送妳的。」

小女孩接過魚飼料的當下笑得很開心、很純真，稚氣的聲音大聲說著，「謝謝大哥哥！」

「作為回報，可以告訴大哥哥妳的名字嗎？」

小妹妹指著繡在制服上的名字，用一樣歡愉的語氣自我介紹道，

「佳芬，我叫簡佳芬。」

冥官專用簡易自我心理檢測量表

冥官大人，請問您有煩惱嗎？
您對現在的工作或生活是否感到迷惘困惑？

面對百年如一的生活，您是否感到整個靈魂被掏空……甚至是絕望呢？又或者您自己也不知道是否需要尋求冥府心理諮商師的服務？

以下回答幾個簡單的問題，三分鐘的時間檢測您的心理健康，說不定能發現不一樣的自己！

以下為匿名問卷，每回答一個「是」得一分，
根據獲得分數檢測您的心理健康吧！

1.您是否曾經有工作到與現實解離的情況呢？
例：工作恍神，回神後才發現自己不小心把同事推進油鍋裡炸得香酥脆。

2.您是否曾經認真規劃如何逃離冥府的掌控？

3.您是否羨慕過活人有著生老病死的權利？

4.除受刑魂外，不論是愛人、友人、同事、上司，您是否曾經思考過傷害他人呢？

5.您是否覺得生活沒有目標？

6.您是否已經忘記生前的長相、名字、或者故事？

7.您是否已經對現代社會發展完全脫節？
例：不知道「手機」為何物、無法理解「社群媒體」的概念、對女生穿褲子上街覺得驚訝等。

8.您是否覺得自己不曾獲得他人的理解，因而感到煩躁或孤獨？

量表設計者：冥府心理諮商師　簡佳芬

如果您的分數落在6-8分

您極度需要冥府心理諮商服務

我的老天鵝啊！您究竟是如何苟延殘喘到這個時候的！您已徹底失去自我，失去夢想和靈魂。您現有的靈體只是工作的機器，您甚至不知道為了甚麼而工作。沒關係，冥府新成立的心理諮商小屋將由冥府心理諮商師簡佳芬為您服務，讓您尋回活著的感覺，重新認識自己。

如果您的分數落在3-5分

您或許需要冥府心理諮商服務

您還記得自己是誰、自己在哪裡，但您記得不代表您喜歡現在的生活。您想逃離，想尋求改變，自日復一日的枯燥生活中尋求刺激與快感，可是卻不知從何處開始。不知道沒關係，冥府心理諮商師簡佳芬將在諮商小屋提供您天馬行空的建議。只要您勇於踏出改變的第一步，之後七彩絢爛的人生將由我與您攜手打造，重溫活著的感覺！

如果您的分數落在0-2分

您也可以嘗試冥府心理諮商服務

恭喜您！在漫長歲月的洗禮下您仍保有自我，並時刻提醒自己曾經為人莫忘本。但是，如果您有其他說不出口的煩惱，舉凡愛情、事業、家庭、到看路邊石頭覺得礙眼，都可以來找冥府唯一的冥府心理諮商師簡佳芬！冥府心理諮商師將耐心傾聽您的煩惱和心事，並嘗試解決。

免責聲明：上面那一長串很明顯是為了幫新開的諮商小屋招攬生意用的。老話一句：老娘無牌無照，來找我心理諮商，後果自負，瘋了殘了我一概不負責。但只要您願意踏進諮商小屋，我絕對會好好地聆聽您的煩惱。

定價
NT$340
HK$113

失控的AI－我在元宇宙被判死刑

官雨青(Peggy)/作者　Ooi Choon Liang/插畫

KadoKado百萬小說創作大賞・大賞得獎作品

天才醫師阿星的妻兒命喪惡火，他設計出妻兒的「亡者AI」，耽溺於虛擬世界。于珊是殯葬業大亨之女，卻被陷害揹負債務，企圖自殺時被阿星救下。在元宇宙有原配的阿星，與于珊之間產生情愫，哪一個世界的她，才是自己應該厮守的真愛？亡者AI協助于珊事業重生，卻也迫使她遭受死刑的威脅。

國家圖書館出版品預行編目資料

我在冥府當心理諮商師 / 雙慧作 . -- 初版 . --
臺北市 : 臺灣角川股份有限公司 , 2023.10-
冊 ; 公分

ISBN 978-626-378-059-0(平裝)

863.57 112013377

我在冥府當心理諮商師 1

作　　者＊雙慧
插　　畫＊肚臍毛

2023 年 10 月 11 日　初版第 1 刷發行

發 行 人＊岩崎剛人
總　　監＊呂慧君
編　　輯＊喬齊安
美術設計＊林慧玟
印　　務＊李明修（主任）、張加恩（主任）、張凱棋

台灣角川

發 行 所＊台灣角川股份有限公司
地　　址＊104 台北市中山區松江路 223 號 3 樓
電　　話＊（02）2515-3000
傳　　真＊（02）2515-0033
網　　址＊http://www.kadokawa.com.tw
劃撥帳戶＊台灣角川股份有限公司
劃撥帳號＊19487412
法律顧問＊有澤法律事務所
製　　版＊尚騰印刷事業有限公司
I S B N＊978-626-378-059-0